갈까마귀 들락날락

제5집 강행원 불교 선시 시집

삼족오 도안화

nobook

책머리에

시집표제의 금 까마귀는 우리 겨레의 표상인 삼족오(三足烏)와 같은 뜻으로 금오(金吾)라고 부르기도 하며 태양신을 의미한 말이다. 주로 불교에서는 해가 뜨고 지는 시간성으로 많이 쓰인다. 우리들은 이러한 시간성으로부터 삼라만상이 함께 하는 공간에서 변화무쌍한 연기적 존재들이다. 필자의 연기적인 삶은 시인이기에 앞서 화업에 발을 들여놓고 회화(繪畵)의 전반적인 분야를 섭렵하여 깊숙이 몸담고 있다. 그간엔 진보적인 생각을 쫓아 민주화를 위한 문화 운동에 참여하여 민중 미술을 이끌었던 한 때도 있었다. 인문학을 가까이 했던 탓인지 화가로서 평상시 작업 외의 여가 중에는 그림으로 못다한 이야기들을 남기는 버릇이 있었다. 결국은 그 습이 남긴 낙서들을 부끄럽지만 시어(詩語)로 포장하여 몇 편의 시집을 내기도 하였다.

이러한 내 삶의 기저에는 큰 욕심을 가지고 생사의 문을 부셔 없애고자 붓다의 법에 귀의하여, '나는 누구인가'에 대한 대답을 갈구했던 화가의 삶을 살던 이전의 정신적인 고향이 있었다. 비록 큰 욕심을 감당하지 못하고 사문(沙門)을 떠나야 했지만 그때 길들여진 사색의 습이 내 예술 세계에도 기반하고 있다. 그 심층에는 현재도 늘 영원성에 대한 정신세계를 갈망하고 있기는 마찬가지이다. 필자는 이러한 붓다의 법에 귀명하여 사문을 떠난 이후, 거사(居士)로의 삶을 사는 한생이 잠간 사이에 석양을 향해 기울어 가고 있다.

인간은 누구나 나이가 들면 회귀하고 싶어 하는 이상적인 고향을 그리게 된다. 다시 말하면 무위한 자연을 정신적인 고향으로 마음 속에 품고 있다는 것이다. 어떤 의미에서는 이상(理想)으로 그리던 고향 그곳의 자연은 현실과는 다른 유토피아를 의미하기도 할 것이다. 생각을 확장하면 무위한 자연은 끌어도 오지 않고 밀어도 가지 않는 무색(無色), 무정(無情), 유정(有情)중생이 함께 하는 변화무쌍한 창조의 신(神)이기도 하며, 삼라만상을 몸으로 하는 정토로의 회귀를 의미함이다. 마침내는 돌아가야 할 극락과 천당 또는 지옥이기도 할 미래의 영원한 고향이기도 하기 때문이다.

그러나 작가 입장에서 만나게 된 현실에서는 없는 문학성에서 오는 허구로 존재하는 세계를 향수 하는 것 또한 예술성과의 불가분한 일이다. 이와 같은 향수에 대한 그리움을 이상으로 드러낸 고향은 자신의 시감정과도 관계를 맺고 있다. 그리고 그 감정의 기저에는 '생멸(生滅)의 변화에 대한 근원이 무엇일까' 하는 철학적인 문제와도 닿아 있다. 이 세상에 생멸이 없는 영원한 것은 어디에도 없을 것이다. 세상에 존재하는 모든 것은 상대적으로 유한한 것들의 집합이 곧 우주이기 때문이다. 이러한 우주의 모든 존재들을 부딪음(Buddhism)에서는 불성(佛性)으로 일관하여 본다. 특히 이 시집의 특질은 불자의 입장에서 보게 된 불성 아님이 없는 만유의 불토(佛土)위에서 이루어진 작의들만을 모은 것이다.

더욱이 불법(佛法)은 색(色), 공(空)을 아우르는 중도의 정관법이며 존재 이치를 터득하는 비결이다. 다시 말하면 불교일색의 철학적인 감정을 그대로 연계하는 것이 여기서 추구하는 시상들이다. 하지만 붓다의 가르침을 신앙하는 마음수행을 통해서 그간에 느낀 자신의 자유스러운 시 감정 즉, 문학성에 충실하자는 약속 같은 의도에 따른 성취동기는 만족할 리가 없다. 그것은 시의 세계가 가지는 정취 즉 포에지(poésie)에 기반하기 때문이다. 하지만 자연과 인생에 대하여 일어나는 종교적 감흥으로 영원성을 노래하고자 함이 이 시의 사상임을 일러둔다.

끝으로 붓다의 법에 귀의한 교도들 모두가 내가 바뀌고 세상을 바꾸는 발원이 이 시집 대문에 밝히는 서시로 하여금 미망의 불자들도 같이 깨어나기를 바라며 간절한 합장을 올린다. 경제가 원활하지 못한 출판의 어려운 여건에서도 흔쾌히 출판을 맡아주신 정유진 대표님께 고마움을 표하며 붓다의 진리를 노래한 시집 출간의 인연 공덕으로 사업의 대운을 만날지어다.

2019년 10월 17일

윤산 화선재 우거에서 **강행원** 합장

신목과 노인

차 례

3부 삽삼년전 기억 저 편에

4부 윤회의 공간에서

서 시

여래시어 중생의 거친 말 들어 보소서

삼세여래시어!
당신께 귀의합니다.
당신께서도 탐(貪), 진(嗔), 치(癡) 삼독(三毒)을
마셔 본적이 있나이까?
말법 시대를 사는 온 누리의 고통은
세상이 함께 그 독을 마시고 깊이 잠겨
수미산 높이로도 헤아리기 어렵나이다.

여래시어!
대 의왕이신 당시의 법을 이어받은
개중의 제자들도 그 독을 마시고
함께 신음하고 있나이다.
이윽고 승보의 몸이 독을 마신 것은
세상을 위하고 아끼시기에
그 고통을 중생과 나누기 위해서라지요.

세상을 황폐하게 만드는
암 보다 무서운 그 독을 다스리는 처방은
이제 말로만 하는 법은 중생구제에
무력하기 그지없사온지라

이를 인식한 몇 몇 스님들의 공과는
뜻밖에도 삼독(三毒)오욕(五慾)의 독성(毒性)모양을
전 세계인들에게 행동으로 보여 줌으로서
확실히 그 본성을 알게 하였나이다.

삼세 여래시어!
당신의 제자들이 그 무서운 독을 거침없이 마시는
위대한 살신의 자비를 나투심에
그 얘기꽃이 세상에 만발하였나이다.
승보가 보살도를 행하여
그 독을 상(相)으로 보인 뒤부터는
승보를 불경(不敬)하고 지탄(指彈)하며 외면하는 일이
벌어지고 있으니 이 무슨 변괴랍니까?
불자들이 본받아 삼보(三寶)에 거친 맘 일으켜도 그것이
당연한 가르침으로 알고 삼보를 불경 한답니다.

여래시어!
당신의 제자들이 조석으로 되 내이던
사부대중이 흩어지면 이부대중 뿐인데
그래도 승보만 있으면 되는가요?

어느 분은 한국불교의 찬연함을
큰스님들의 이름자에 비유 하더군요
元曉 스님 때는 새벽불교
普照 스님 때는 낮 불교
西山 스님 때는 석양 불교
月字 세분(월하, 월주, 월탄)스님은 밤 불교라고.

달 셋이 허공에 떠서 무명의 밤을
밝히시느라고 말로는 담을 수 없는 독을
저마다 몸소 마시고 상을 드러내 보이셨으니
참으로 장하고 장하였나이다.
이들 3월은 깨어나지 못한 무명 중생의
병을 공동으로 앓고 계셨습니다.
이 얼마나 지고지순한 일입니까?

여래시어!
당신의 제자들 중에서 이토록 훌륭한
보살행을 한 가승들이 나툰 도철[1]의 전통이
한국불교의 진면목이 된다면 참으로
진면목이 된다면 해괴한 일이 아닙니까? 해괴한 일이...

나무아미타불! 관세음보살!

1998년 12월 23일

1) 도철(饕餮)이란? 1.재물과 음식을 몹시 탐냄. 또는 그런 사람. 2.탐욕이 많고 사람을 잡아먹는 다는 상상 속의 흉악한 짐승

여래시어 다시 들어 보소서

20여년 후 작금의 교단 모습입니다.
그때 걱정하던 '도철의 전통' 그 해괴한 일이
화택에서 대를 이어 이글거리다가 불 화산처럼
붉어져 하늘 높이 높이 터졌사옵니다.
달 셋이 밤하늘에 떴던 그 시절
밤 불교를 흠모해온 후배가승들의 비행(非行)실천은
신의 한수를 발밑에 둔 진화였으며 그 진화는
교단 썩는 향 내음으로 뒤덮고 있나이다.

가승 도철들은 삼독을 마시고도 멀쩡하게
코미디를 방불한 쇼로 박수환청을 받는 망령들이며
종도들께 당하는 경멸과 모멸감도
개의치 않는 불집(火宅)의 철면들이옵니다.
온갖 비리가 일상이고 정진이던 가승 도철들은
삼악취를 구경으로 한 막장을 가고 있나이다.

더는 기대할 수 없는 교단
결국은 불자들이 승단을 경멸하며 부정하고
떠난 자리 그 자리가 난장판이 되어
감투를 계승한 가승백관들이 세속의 조롱꺼리가
되었어도 부끄럼을 모르고 있나이다.

한국불교의 찬연함이 새벽불교에서 밤중까지
두루 다 하였으니 여기서 멈추고 말게 될지도…
저어하기 그지없는 참괴가 무참하나이다. 참괴가 무참...

나무아미타불! 관세음보살!

2019년 5월

서시를 인연한 설명

권두의 서시로 올리는 이 시는 20여년 전에 조계종단 분규(紛糾)의 1차 법난에 이어 2차 법난인 1998년 12월 23일에 있었던 불난을 인연한 시이다. 치의(緇衣)가 얼룩진 이 내분사태를 지켜보면서 종단 지도자들의 탐욕스런 독선을 희화한 서사적인 시이다. 이 시는 필자의 컴퓨터 외장 하드에 저장되어 강산이 두 번이나 변할 긴 세월을 잠자고 있었다. 그럼에도 한국불교의 거대종단 내분은 여전히 그대로 잠들지 못하고, 그 전통은 삼독오욕으로 타오르는 화택에 사무쳐 있었다.

선배 스님들이 지녀왔던 분규의 길이 진여(眞如)의 길이라도 되듯이 한없는 흠모의 수번뇌(隨煩惱)를 앓던 실천이 아닐 수 없다. 마치 그 전통은 성자들이 훤히 밝힌 광명으로 착각하고 있었던 것인지? 스님백관(百官)을 경주하여 이어가는 끝 간대 없는 비행(非行)이 비행(飛行)했다. 결국 비행은 종도들의 경멸을 면치 못하고 사바세계로 고개를 들고 일어났다.

2018년 5월 MBC <PD수첩>에 방영된 조계종단 비행이 일파만파되면서 필자의 시도 다시 잠에서 깨어 브레이크뉴스 칼럼을 타고 세상 밖으로 나오게 되었다. 그러나 이들은 비 불자들에게 웃음꺼리가 되기보다 자신의 교단 종도들에 당하는 경멸과 모멸감에도 개의치 않는 철면들이었다. 붓다의 가르침이 종도들의 귀의처였던 교단을 이끄는 지도자들을 향해 교리와는 이율배반적인 스스럼없는 행위에 대한 필자의 서사적인 양심의 호소를 오히려 업신 여겼다. 마침 본 시집 출간을 인연하게 되어 여래께 올리는 이 서사시 한편을 여기에 수록할 것인가를 망설여야 했다. 시 동인들과 법우들의 조언을 구한 결과 수록이 문제가 아니라 권두에 붙여 서시로 했으면 좋겠다는 청을 해 왔다. 사실은 필자의 뜻도 이심전심이 되어 울고 싶을 때 뺨을 마진 것처럼 후련한 결정을 했다.

이 시는 지계(持戒)로 무장해야 할 승단이 오욕으로 소통을 막고 탐(貪)진(瞋)치(癡) 삼독을 즐겨 마신 까닭을 비탄하는 시인의 외침을 아직도 미망(迷妄)에서 헤매는 불자들과도 교감하여 깨어나게 하고자 함이다. 숯물 옷을 두른 모양새는 수행자가 분명하지만 지계를 버리고 삼독으로 무장한 도철 행을 감행했다면 부처님 법에 반하는 인연이다. 붓다께서는 이러한 안타까운 모든 중생을 위하여 이미 구제의 약을 세상에 내 놓으셨다. 하지만 삼독오욕의 중병치료약과 처방전이 그들에겐 넘쳐나고 있었다. 하지만 치료약을 먹지 않는 것은 약을 만들고 처방전을 교시한 교주께 허물이 있는 것이 아니다.

붓다께서도 화신의 몸으로는 3불능이 있음을「대승기신론, 대지도론64, 전등록권4」에 밝히고 있다. 첫째, 불능면정업중생(不能免定業衆生) 이미 업이 만들어져 정해진 과보는 면할 길이 없으며 둘째, 불능도무연중생(不能度無緣衆生) 인연 없는 중생은 제도할 수 없고 셋째, 불능진중생계(不能盡衆生界) 모든 중생을 한꺼번에 제도할 수 없다는 뜻이다. 비록 법의를 두르고 입으로는 경을 송하더라도 이미 악업을 짓고 구제의 약을 먹지 않는다면 인연이 없는 것이다. 이는 나(我)라는 육신의 상을 지니고 있을 때 받는 고과(苦果)의 과보로서 구제가 불가능한 3불능에 해당된다. 이들에겐 이미 정해진 정업중생의 과보가 기다리고 있을 터이다.

삼족오

1

금 까마귀는 들락날락

고향이 보일 듯이

님을 그리듯이
그리움 가득
가슴에 안고
그림자 희미하게
아득한 세월 섧다.

예토(穢土)에 머문
가난한 내 주인공
당초에 고향 어디메뇨?

무명(無明)으로 피어난
생멸(生滅)의 그릇 속에
시공(時空)의 무상한
여로(旅路)를 간다.

바람에 흩날린
티끌 어지러운 세상
하늘새 슬피 우는데
인계육도(人界六道) 욕망의 꽃
한사코 피어 올려
미래의 나락(奈落) 부르는가?

이상(理想)으로 그린 정토(淨土)
꿈으로 부푼 고향이 보일 듯이
여로의 자취마다
번뇌로 옭아맨
시시한 기억 부스러기들
서툰 낙서로 허상을 그린
고향을 잃은 고독한 내 영혼

나(我) 여기 몇 겁의 윤회로
가누기 힘든 업장의 노래를 부른다.

금 까마귀 들락날락

금까마귀[2)]
들락날락
멈춰 서지 못하는 나날
시공에서 피고 지는
생사의 꽃밭에

미망(迷妄)에서 울고 웃는
속진의 꿈 깨어나
도탈중생 면케 하는
보리심 일으켜

붓다의 법등 의지해
내 법등도 훤히 밝혀
분별 심을 버리고 나면
만물이 하나 되는 실상의 몸

진여(眞如)의 품이 따로 없다네.

---

2) 금 까마귀는 우리겨레의 표상인 삼족오(三足烏)와 같은 뜻이며 금오(金吾)라고 부르기도 하며 태양신을 의미한 말이다. 주로 불교에서는 해가 뜨고 지는 시간성으로 많이 쓰인다.

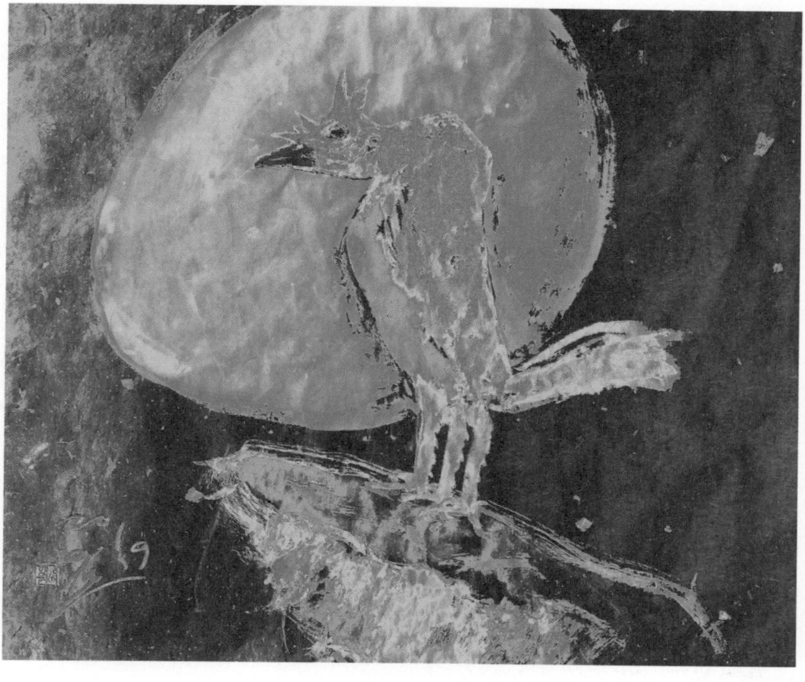

삼족오

무명 탑

무상한 대도를 중얼 거리기라도 하듯
고색이 묻어있는 인고의 날들을
이름도 없이 늘 그 자리에 서서
만고풍상을 만나고 있는 너.

짙푸른 생명 그대로 융단처럼 고운
이끼 옷을 가죽처럼 두르고
그 위에 또 한 벌 겉옷으로
백설을 이불처럼 두른 맑은 단장
시비(是非)를 걸어도 말이 없는 너.

허공에 찬 기운 가득히 장엄한
무명탑의 위용은 겸허한 침묵인 듯
감정의 교감이 파몽하는 내 의식의 눈으로
본색은 모르지만 고색을 두룬 단장을 훕여
때 옷에 묻어 있는 긴 시간을 만져 보았다.

침묵해온 창연한 인고의 날들을
무슨 역사를 지닌 긴 긴 세월이냐고
묻고 또 물어도 대답 없는 부동한 천년 꿈
묵묵부답 지새우며 자연이 되고 우주가 되어

중천에 오른 달이 탑을 훤히 비추면
짧은 그림자가 되었다가

달이 기울어 탑에 걸리고 나면
다시 긴 그림자가 되는
눈높이가 들죽 날죽한 우리네 삶처럼
탑은 늘 그 자리에 서서 그림자 허상만.

무명탑

찰나에 머문 꿈

삶의 무게를 나르는
세월의 강물은
무상한 뱃길.

희비의 두 곡선
짙게 드리운 그림자 허상은
하얀 포말을 그린
항적이 되어.

찰나에 머문 영원한 꿈
순간도 머물지 못하는
무상한 뱃길.

입에 담던 반야(般若)의 도
귀 익은 소리 두고
삼세의 어두운 고해
어디로 가는가.

허공 속에 여운이 된
뱃고동 소리만 아련해.

* 시작노트 : 인생은 덧없이 흐르는 세월의 변화에 맡겨진 몸이다. 즐겁고 괴로웠던 삶에 무게를 느끼며 그림자같은 지난 날들이 기억 속의 희미한 자취로 떠오른다. 하지만 사람들은 누구나 자신의 모습을 돌아보면 엊그제처럼 짧게만 느껴졌던 생이 천년 꿈을 그리며 멈춰 설 수 없는 삶의 여정을 걷고 있다. 우리는 그 속에서 반야(般若)의 도를 입에 담고 귀를 익혀 왔음에도 과거 현재 미래의 어두운 삶의 고통바다 어디를 헤매는 것인지 그 아우성만 멀리 남는 일상이다.

그리움

소슬바람 살며시
샛 검은 초록을
스쳐 흔들고,

어른거리는 달빛
검은 그림자
바람을 맞아
분별을 잃었네.

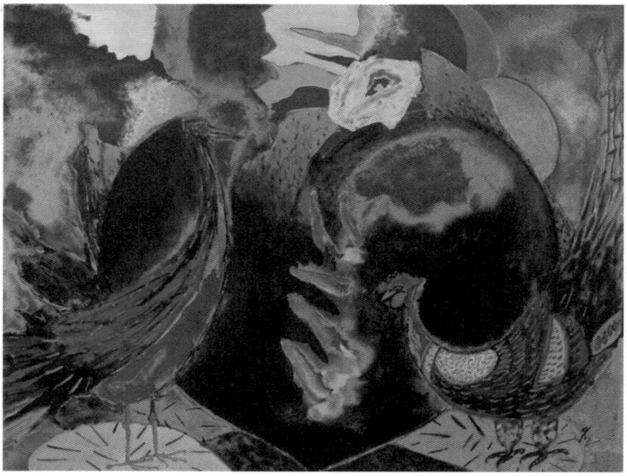

환경연기

졸졸 흐르는 개울물소리
적막한 어둠이 부서진다.

수백 년 달려온
몇 광년의 또렷한 별빛이
여명 속으로 힘을 잃어 가는
마음 조이는 그리움.

산도 허공도
이 마음도 텅 빈
그리움으로.
진여(眞如)[3] 를 사모한
그리움으로 여민 가슴앓이.

3) 진여(眞如) : 진리라 운함.
진리(眞理)란? = 마음이 있는 그대로의
진실한 모습을 말함.

죽음에 이르는 병

살짝 이는 미풍에도
쏜살같은 일월선(日月船)
오욕을 쌓아올린 성(城)
삼독 성지기에
깨알 같은 복종의 날들.

무명업화(無明業火)[4] 불러들여
꿈속을 노닐던 잠꼬대
낮 토끼 껑충껑충
밤 까마귀 저문 한생

육바라밀[5]짓밟는 놀보심보로
화려한 만개를 보채던 꿈
춘몽을 헤매던 쾌락의 개 팔자를
뒤늦게 절망해 본들.

---

4) 무명업화란 깨우치지 못하고 번뇌(煩惱)에 얽혀 짓는 악업(惡業)을 불에 비유한 말.

5) 육바라밀(六波羅密)은 불교도가 실천해야 할 여섯 가지 덕목. 보시, 인욕, 지계, 정진, 선정, 지혜를 이른다. 또는 보살이 되어 열반에 이르기 위해 실천해야 할 덕목이기도 하다.

거역할 수 없는

육도(六道)[6] 의 수레바퀴

게으름을 인연한

죽음에 이르는 병

육도전(六道錢)[7] 도 지니지 못할

찰나에 이른 사자(死者)의 길

다시 살아올 수 없는 인생길.

승무

6) 지옥, 아귀, 축생, 수라, 인간, 천상을 육도라 하는데 이 여섯 곳을 업력에 따라 수레바퀴처럼 윤회하게 된다. 인간으로서 제일 큰 죄업이 오욕을 성으로 쌓는 삼독이다. 수 만겁을 윤회해도 인간의 몸을 다시 받기가 쉽지 않는 무거운 업보이다.

7) 죽은 사람이 육도(六道)를 윤회할 때에 노자로 쓰라는 뜻으로 관속에 넣는 돈.

교만한 나(我)

산 높이 붉어졌다고
하늘이 탓하랴 만

은하 가득한 저 허공에
성긴 별이 더 붉네요.

반야(般若)[8]의 울타리에
무명초(無明草) 무성하여
달그림자만 어둡네.

통일대불

8) 반야(般若)를 여실지(如實智)라고도 함. 대승불교에서, 만물의 참다운 실상을 깨닫고 불법을 꿰뚫는 지혜. 온갖 분별과 망상에서 벗어나 존재의 참모습을 앎으로써 성불에 이르게 되는 마음작용을 뜻함.

선연한 그 노래

어디서 들리는가
산사의 쇳송 울고 간
새벽이 아련하여라.

적막한 마음 그림자
느슨한 정진 시름 달래는
그 노래 선연하다.
사념처(思念處)[9]되뇐 생애
머잖아 깨진 수레에
눈물이 실리리라.

업보에 묻은 때 너무 두꺼워
무명의 껍질을 깨지 못하는
보리의 이 아픔 참혹한 설음

찰나(刹那)에 머문 영원한 노래

---

9) 사념처(思念處)란 수행자가 3현위(賢位)에서 5정심관(停心觀) 다음에 닦는 관(觀). 몸이 부정(不淨)한 것을 아는 신념처(身念處), 감수하는 모든 것이 고통인 것을 아는 수념처(受念處), 마음이 무상(無常)하다는 것을 아는 심념처(心念處), 제법은 무아인 것을 아는 법념처(法念處)를 이른다.

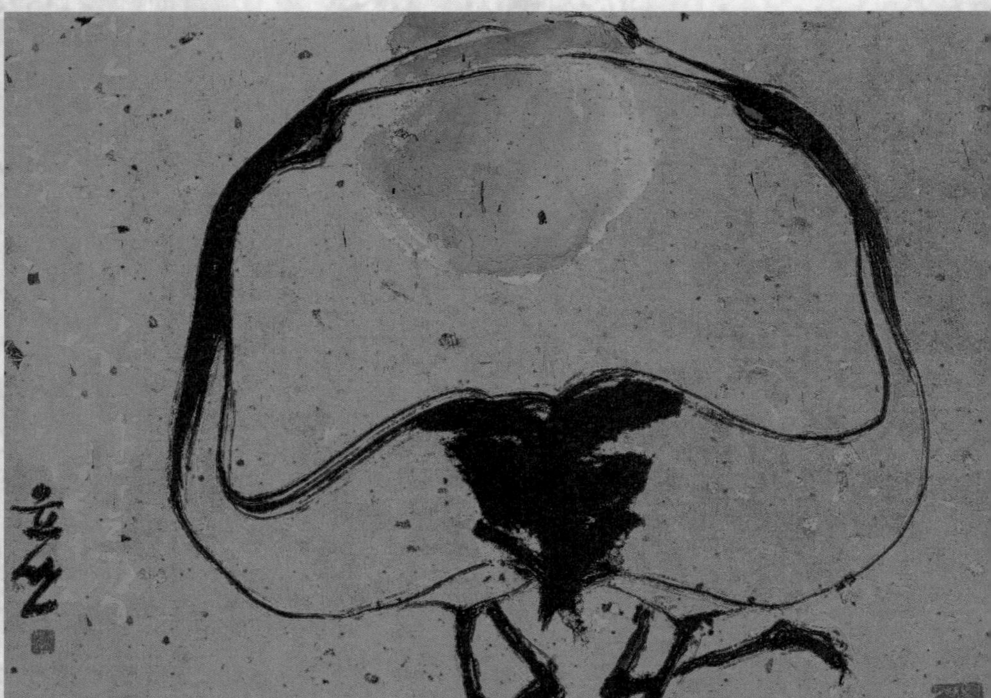

학사랑

2

진리의 한 소식

아름다운 허구

언젠가는 벗어버릴 알 몸
겉모양을 감쌌고 있는
과대한 포장 아름답구려.

포장에 박힌 그 이름 좇아
사로잡힌 황홀한 마음
어둠으로 꾸며 놓았네.

겉모양에 묻어있는
순간의 행복한 웃음이
날아 가버릴 알몸의 진실
아름다운 허구
영겁을 신열한 암흑에서 만난다.

잠깐 사이에
벗어버릴 알 몸
몇 껍질을 감 쌓고 있는
그 모양 그 색깔.

감추어진 진실

영겁을 앓던 암흑
누가 만든 업보인가.

쌓고 또 쌓고
몇 겹을 감싸고 있는
아름다운 허구
누가 만든 거짓인가.

색감으로 덧칠한
찬란한 유혹으로
누 마음을 사로잡는 것인가.

밝은 빛으로도 뚫어보지 못하는
무명한 그림자 허상

오욕을 다투던 사바의 몸
무명으로 덮인 찬란한
유혹의 주인은 정녕 누구인가.

황홀한 어둠으로 꾸며 놓은
아상(我相)을 이끈 의식의 가면
그 본디도 부처시라고.

도피안(到彼岸)의 도(道)

우주는 나와 더불어 한 생명.
그런 내가 졸고 있을 때는
이 생명의 소식을 모른다.

내가 깨어있을 때만 과거, 현재, 미래도
일월성진도 삼라만상의 산하대지도
모두 모두 같이 깨어 있고
뭇 생명들과도 교감을 나눌 수 있다.

깨어있다는 것은 생동 자체이며
생동하는 마음그릇에 모든 이치를
담기도 하고 비우기도 하면서
사는 것이 그대로 수처작주(隨處作主)
입처개진(立處皆眞)이 그대로 피안임을 안다면

또 무엇을 시비하고 분별할 것이 있으리.

항마

* 이 시는 법정 스님의 글 중에서 공유한 시상임을 밝힌다. 수처작주 입처개진(隨處作主 立處皆眞)이란? 중국 당나라 때의 선승인 임제스님께서 하신 말씀이다. 승가의 문화는 진정한 자신이 누구인가를 구현 하는 것이 진의의 목적이다. 해서 '수처'란 조건과 상황에 따라 달라진다는 우리의 환경과 삶터를 의미한다. 이에 '작주'는 스스로 주인이 되어 살라는 뜻이다. 모든 인생이 주인이 되어 주체적으로 살라는 것으로 그 곳이 어느 곳이던 우리가 이르는 곳마다 참 주인이 되고, 또한 '입처개진' 역시 자신이 서 있는 곳 모두가 참 진리라는 말이다. 다시 말하면 스스로 깨달음의 주체인 그 자리가 곧 최고 행복한 자리라는 의미이다. 따라서 최상의 행복도 평화도 바로 자신이 머물고 있는 자리에서 구현해야 한다는 것이다. 그 자리를 여위거나 버리고 다른 곳에서 목적을 찾는 것은 거북의 등에서 털을 구하는 격이며, 토끼의 머리에서 뿔을 찾는 것과 다르지 않다는 법어이다.

나무아미타불

나타났다 사라지는
삼족오(三足烏)를 짝하여
옥토끼 뜨고 지는 낮밤의
무상한 세월 늙음은 잠깐

구름이 모였다 흩어지듯이
나고 죽음도 저 구름 같아서
바람 따라 그 모양 오간데 없고
처음 생긴 그 모양대로 머물지 못하기에
세월 따라 내 모양도 참나가 없네.

참나가 없어서 무아(無我)인고로
세상 만상도 제법의 실체도
따라서 공(空)이로군.공 공.
공의 실체가 묘유이니
묘유가 그대로 아미타불이라네.
나무아미타불

염불이 따로 없네

분별심을 잃으면
만물은 혼돈에 빠지고
분별심을 버리면
만물은 하나가 되네.

그래서 만물의 실상은
나와 더불어 한 생명이니
어찌 부처와 내가 둘일 수 있으리

삼족오 들락날락
옥토끼 뜨고 지는 시공간
색공(色空)이 따로 없는 묘유의 실체가
공(空)과 성(性)과 상(相)이며
이름 하여 아미타불. 그래서
부처의 대명사가 나무아미타불이군.

허수아비의 실상이 그대로 염불이네.

공(空), 공의 도리

공[10]은 모가 없는 둥근 모양을 이른 말
수의 개념으론 제로(Zero),
값이 없는 숫자 영(零)이다.

공은 우주를 몸으로 하는 모든 생명의 근원
이 근원의 성품을 불가에선 공성(空性)[11]이라 이름 하네.
공의 실체는 텅 텅 비어있는 허공과 같은 존재이지만
그 존재는 에너지로 충만한 원소들의 세계.

이리 저리 인연(因緣) 따라 모인 집합들이
우주 대자연의 조물(造物)들
아니 그 주인은 조물주
그 이름 그 이름이
우주에서 가장 위대한 신(神), 자연신이라네.

불가에선 위대한 자연신의 본질인 실체를 두고
조물 그대로 공이요

---

10) 공(空)이란 고대 인도에서는 공무(空無), 공허(空虛), 공적(空寂), 비존재(非存在) 등의 의미로 사용되고 또한 후에 인도 수학의 0(零)을 의미하는 기초가 되었지만, 불교의 성립과 동시에 그 중심사상의 하나가 되어 한국, 중국, 일본 등 대승불교의 길라잡이가 되었다.

11) 공성(空性)이란 사람과 법이 모두 빈 것을 표시(表示)하는 본성(本性), 공성(空性)의 논리적 부여는 '실상론(實相論)' 그리고 육안(肉眼)이 감지하는 가시적 세계에 대한 부정과 의심을 통해 사물의 실상을 바르게 인식하는 지혜의 '반영론(反映論)' 등으로 정리할 수 있다. 하지만 유식철학의 설명은 경전마다 다양한 성자의 안목에 대한 논증들을 실고 있어서 이상에서 설명한 깊이로는 헤아리기 어렵다.

공 그대로 조물이라고 한다네.
결국 물질(조물)의 본질인 그 끝은 분자일 뿐,
이 공에 우주 만유 몇 십 배를 곱해도 답이 공 이듯이
공성의 실체는 그대로 공이며
만유의 생명인 뭇 중생의 마음과도 같다네.

중생의 마음이 공성의 우주와 계합하는 도(道)
그것이 영생의 길이며 공을 느끼고 이치를 체득하여
실성(實性)을 회복하는 길.
그 길이 참으로 그 길이
진리의 길이며 여기에 이르게 되면

나고 죽음도 없는 그대로 영생이며
윤회를 버린 자리 불생불멸(不生不滅)한 자리 그자리가
법계(法界)[12]의 화신 행복덩어리인 진여(眞如)가 되나니

---

12) 법계는 석가의 깨달음의 내용이 되는 본연의 진실을 의미하며, 일여(一如) · 실성(實性) · 무위(無爲) · 열반(涅槃)도 실상의 이명(異名)으로 사용된다.
(1) 넓은 의미로는 존재를 법이라고 하는 불교사상에 근거한 의미로서, 인식의 대상이 될 수 있는 모든 존재. 화엄종(華嚴宗)에서는 법계를 일심(一心)이라고 보아 일심법계(一心法界)를 말하고 있다.
(2) 좁은 의미로는 불교에 있어서 18계(界)의 하나.
인식의 주관을 말하는 안·이·비·설·신·의(眠耳鼻舌身意)의 육근(六根)과 인식의 객관을 말하는 색·성·향·미·촉·법(色聲香味觸法)의 육경(六境) 및 육근과 육경의 화합에 의해 나타나는 인식인 안식(眼識)·이식(耳識)·비식(鼻識)·설식(舌識)·신식(身識)·의식(意識)으로 구성되는 18계 가운데 하나로, 이 경우 법계는 의(意)의 인식 대상이 된다.

§마명의 대승기신론에서 밝힌 공의 어해

누구라도 이해 할 수 있도록 쉽게 표현할 능력이 없어서 마명론을 분석하지 않았다. 불법(佛法)을 조금이라도 아시는 분들과 공감대를 이어나가기 위해서이다.

공(空)은 비었다는 것, 즉 없다는 것인데, 무엇이 없다는 것인가? 인식주체[能]로서의 심념(心念)이 없고, 인식객체[所]로서 일체 법의 차별상이 없다는 것이다. 이어서 사구백비(四句百非)로서 사물의 공성(空性)은 형상[相]의 유무(有無)와 일이(一異)에 있어서 어떤 언어적 규정도 떠나 있음을 밝혔으니, 일체법의 본체가 상주불변하는 것임을 강조한 것이다.

즉 유무의 경우, 비유(非有)와 비무(非無)는 존재와 비존재의 상대적 관점을 부정하는 것이다. 그런데 이러한 부정 자체가 다시 하나의 입장으로 성립하면서 다시 상대적 관점이 정립된다. 비비유(非非有)와 비비무(非非無)는 그것을 부정하는 것이다. 상대적 관점이 부정된다면 유와 무가 동시에 성립[有無俱相]하는가 하면 그것도 또한 아니다. 일이(一異)의 논과도 유무의 경우에 준한다.

공(空)이라고 말하는 것은 본래부터 일체의 염법(染法)과 상응하지 않기 때문이니, 이는 일체법의 차별되는 모양을 여읨을 말한 것이다. 왜냐하면 허망한 심념(心念)이 없기 때문이다. 그러므로 진여의 자성은 모양이 있는 것도 아니요 모양이 없는 것도 아니며, 모양이 있지 않은 것도 아니요 모양이 없지 않은 것도 아니며, 유(有)와 무(無)를 함께 갖춘 것도 아닌 것을 알아야 하며, 또한 같은 모양도 아니요 다른 모양도 아니며, 같은 모양이 아닌 것도 아니요, 다른 모양이 아닌 것도 아니며, 같고 다른 모양을 함께 갖춘 것도 아닌 것을 알아야 한다.

전체적으로 말하자면 일체의 중생이 망심이 있음으로 해서 생각할 때마다 분별하여 다 진여와 상응하지 않기 때문에 공이라 말하지만, 만약 망심을 떠나면 실로 공이라 할 것도 없기 때문이다. 석가의 깨달음의 내용이 되는 본연의 진실을 의미하며, 일여(一如) · 실성(實性) · 무위(無爲) · 열반(涅槃)도 실상의 이명(異名)으로 사용된다.

팔공산 마애불

진여자성의 상(相)은 공성

너의 진정한 신념
허망(虛妄)한 가치가 무엇이냐
그 모양 그 이름이 공이라면
그대로 너의 몸은 색(色)이며
색의 성품은 진여자성(眞如自性)[13]이다.

우리가 그토록 뇌까리던
진여의 모습은 실체가 있는지
얼마나 아름다운 것인지는
언어로 담거나 육안으로는 볼 수 없는
이 모두가 심성회복의 탓이란다.

---

13) 진여자성(眞如自性)이란 사물의 있는 그대로의 모습이라는 뜻으로, 우주만유의 본체인 평등하고 차별이 없는 절대의 진리를 이르는 말. 자성(自性)은 모든 법(法)이 갖추고 있는, 변하지 않는 본성.

불성으로 이루어진 만유실체는
모든 자아들의 개발이 안 된 눈엔
실체가 있는 것도 아니며
아름다운 것도 아니란다.
또한
실체가 없는 것도 아니며
아름답지 않는 것도 아니란다.
有도 非도 無도 아님(不)도 아니라면
공성의 상과 진여자성[14]은

깨달아 얻은 자리 여래[15]의 이지(理智)
입으로 담는 진정한 모양은 공,성,상이
일여며 무위, 열반, 진여, 자성도 실성도
다르지 않는 그대로 인류의 마음그릇이라네.

---

14) 자성은 바뀌거나 없어지지 않는 절대적(絶對的)인 진리(眞理)라는 뜻

15) 불교 진언 밀교의 본존(本尊). 우주의 실상을 체현하는 근본부처로, 그 광명이 온 우주를 밝히며, 덕성이 해와 같다 하여 이르는 말이다. 지(智)를 나타내는 금강계 대일여래와 이(理)를 나타내는 태장계대일여래가 있다. 대일(大日) · 변조여래 등 더 전문적인 것은 여기서 생략한다.

무상의 노래

눈 밖을 벗어나게 큰 것도
눈 속의 미세하게 작은 것도
헤아리지 못한 육안
보이거나 보이지 않거나
무관심속에 관심의 눈이 된 것은
변화를 느끼는 마음의 눈.

만고강산이 들어 엉키고
삼라만상이 뒤틀려 어그러지고
오늘과 또 다른 내일이 열리고
땅을 뒤흔들어 생기는 변고는
생존의 두려운 공포.

해가 달을 잡아먹고 다시 달을 토하고
꽃이 피어 열흘을 붉지 못한 세월
삼독으로 꾸민 철옹성도 주검 앞에 등불
삼천갑자 동방삭이가 사자에게 잡혀가고
아침에는 있다가 저녁에는 없는 것들.

천둥이 맑은 연못에 울고
마른하늘에 용이 날아오름을 봤다는
말도 안 되는 떠도는 소문
세월은 가고 또 와도
우린 한번 가면 다시는 못 오는 것들.

상모돌리기

탑

3

삽 삼년 전
기억 저 편에

실상사 소견

첩첩이 산으로 두른 지리산
산내골의 밤을 밟는다.
젯검은 하늘은 은하 가득한
별 밭으로 꾸며놓고
꽉 찬 달은 중천에 메어 밝다.

천왕봉을 마주한 천년의 가람
들녘의 실상사가 달빛 어리구나.
삽삼년전 기억 저 편에 법의(法衣)를 두르고
즐겁고 어두운 눈동자로 매몰된
내 꼴 새의 무상한 망각이 여기 새롭다.

눈 속에 묻힌 가람

구산선문(九山禪門)이던 법맥(法脈)은
끊어진지 오래 오래지만
지금은 자랑만 남아 있을 뿐
화음을 잃은 주인 없는 악기처럼
임시요사만 울안에 늘어서서
불사의 의욕만 천년 꿈이 어지럽다.

기도법회가 끝나는 오늘
달빛 흐르는 삼경(三更)의 정진을 만나
성도(聖道)의 화신(化身)으로 핀 꽃 그려
나무석가모니불! 나무석가모니불!
정근소리만 확성기를 타고
납월을 부는 바람에 실려
욕망의 세속 때를 칠흑으로 몰아간다.

연등불로 칠흑을 밝히고
탑을 도는 깊어가는 철야의 이 밤을.

실상사의 실상

실상사의 이 밤을
머물다 갈 방 툇마루에
묻어있는 세월의 무게가
어둠 속에 지워져
댓돌에만 눈이 간다.

방에 드니 짤맥이 한 벌이
단정히 걸려 전등불 밑에 졸고
문득 내 감회는 과거 삶으로 거슬러
호롱불 밑에서 존다.

이제 잠 속으로 내일을 만나려 가야 하리
이불 한 체 감고 누워 잠을 청해도
옆에 누운 박박사[16)]는 코를 조용이 골고
내 귀는 오히려 이 밤을 눈뜨고 있네.

새벽 예경의 장엄연불은
내 잃어버린 망각을 희미하게
도량석과 종성에 싣고
여명속을 향촉으로 탄다.

---

16) 박박사 : 당시 참여불교제가연대 대표 박광서 박사님이며, 도법스님이 실상사 주지 소임을 맡고 있을 때 펼쳤던 귀농학교와 인드라망 생명공동체에 관심을 가지고 방문했던 일박기행이다.

별빛 투기한 구름흐린 밤처럼
내 잠은 아침을 이렇게 맞고
조용한 햇살이 창문에 오르니
어둠속에 숨은 것들이 다 드러난다.

업장(業障)의 묻은 때도 무명이 걷이면 드러나리.

때작 때작한 파리똥으로 뒤덮인
늘어진 전선 전등과 등갓에
들보를 잇대어 거미가 그물을 치고
포획할 것도 없는데 가만히 엎드려
방 안의 먼지를 접수하네.

방 한 켠에
쓰레바지와 방비가 기다려도
저 생명을 걷어내지 않는
자비와 게으름을 놓고
수행자를 향한 일상의 색깔을
감정의 운하로 진실을 시비한다.

허상

산행을 무장하고
어둠을 해치며
침묵의 걸음으로 고요를 깬다.

독보를 즐긴 밤길 상념이
지우지 못하는 출렁이는 강이 되어
파랑으로 피어나는 번뇌의 갈피만
밤하늘에 가득 하다.

남미륵 마애불

야행의 등산로에
벌거숭이로 구부러져 누운
희끄무렇게 달아빠진 솔뿌리가
어슴푸레 눈(眼)속에 밝히는 순간
뱀으로 착시한 놀란 가슴은
작은 우주의 기상이변을 전율하는
변괴소집성[17)]을 경험했네.

무명으로 둘러싸인 육진(六塵)의 파장이
한가슴 스쳐 가는 바람 속에
불조들의 교설을 되새기며
긴 호흡으로 독보를 이어간 산길.

17) 변계소집성(遍計所執性) : 소집(所執)은 변계(遍計)에 의해 잘 못 보이는 대상, 곧 주관(主觀)에 사로 잡혀 대상(對象)을 바로 보지 못하고 언제든지 잘못 분별함을 말함.

찰라

바람에 지는 잎
그 울음소리
육도(六道)에 깊은 밤
일 만상이 그윽하다.

환경생명 벌레

공안을 짊어진 나그네

끊어질듯 이어지고
찬바람이 불어
눈보라가 되어
그대 품에 녹지 않는 분별
그대 품에 번뇌한 밤들
타오르는 불길에 싸인 정각

마음 밖에서 구하는
방편으로 그린 여래(如來)의 모습
구름이 일어 비가 되고
잠자는 것처럼 보인 늑대가
먹이를 낚아채는 날쌘 동작
허상으로 가득한 세월

오색 비단구름 위에
자유로운 몸으로
걸림 없이 떠다니는
나그네 화려한 번민의 밤 낮
공안(公案) 짊어진 무거운 짐
벗어버린 방자한 한 생애가

임을 탐하여 그리움으로 여는
홀로 앉은 한 줄기 눈물.

도(道)의 참 모습

늘 번뇌 손님과
함께 사는 일이 도(道)다.

생명의 마음자리에
번뇌 손님이 멎는 날
누진(漏盡)[18]을 이룬
육신의 생명으로
깨어 있다면 그것은
진정한 니르바나의
도를 이룬 자리요.
따라서 반야의
영생이라고 할 것이다.

18) 누진(漏盡)이란 사물을 따라 마음에 생기는 번뇌인 누(漏)가 다 없어진다는 뜻이다. 육통중의 하나인 누진통(漏盡通)이 가장 수승한 통인데, 번뇌를 끊고 다시는 미계에 태어나지 않음을 깨닫는 것이 신통력이다. 육통 중 가장 어려운 것이 신통력이다.

만약 육신이 잠을
자고 있다면 그것은
그대로 죽음이지
영생을 이룬 도가 아니다.
육신이 잠을 자던
깨어있건 변화무쌍한
이 자리가
도(道)의 참 모습이다.

보리를 향한 무상한
삶의 다툼 이 모두가
생동하는 마음그릇이
작용하는 조화인 것을.

내 생원(生元)의 원(願)

교만하고 샷되고
게으름으로 보낸 세월
후회의 아픔으로
저려오는 가슴

돌아올 수 올 수 없는
흘러간 그 세월
아픔도 후회도
다 털어버리고
이제는
이제는
가슴저리지 않으련다.

지금부터 다짐한 맹세
내 생원은 생원은
멈추지 못하는 현재를
바라밀[19]로 다스리고
막지못하는 미래의 願
삼학[20]의 몸 얻으리라
내 생원의 삼학의 몸을.

---

19) 바라밀이란 태어나고 죽는 현실의 괴로움에서 번뇌와 고통이 없는 경지인 피안으로 건넌다는 뜻으로, 열반에 이르고자 하는 보살의 수행을 이르는 말이다. 육바라밀 : 六波羅密 = 보시 · 지계 · 인욕 · 정진 · 선정 · 지혜

20) 삼학(三學)이란 계, 정, 혜(戒,定,慧)로 불교를 배워 진리를 깨닫기 위해서 반드시 닦아야 하는 계학, 정학, 혜학을 말한다.

홀로 앉아

그림자 허상 감춘
내 영혼의 칠흑 밤
해 뜨면 가고 없네.

하늘과 땅 사이에 떠도는 실존
홀로앉아 웃음 진
나는 나는 누구인가?

온몸으로 전하는 감정의 전율
그대 애달픈 아름다움을
황홀한 선율로 쉽던 시공.

사랑의 빛으로 밤을 녹이면
무명이 쫓겨난 자리에
자유 한 내가 거기 있다고.

심우도

4

윤회의 공간에서

그대 이름은 은매

선암사 담장에 피던 고매(古梅)
보러 가던 날을 비켜
매화는 저 혼자 먼저 다녀갔네.

허탈한 서운함 어쩌랴 만
법당 뒤 켠 장경각 담장 아래
백매 몇 송이 숨어서 웃음 짓네.

그대, 은매(隱梅)라 부르노니 수줍지 마라
정토[21]단장한 봄이 그대 웃음 속에
맑은 향을 장엄한 도량 서성케 했으니.

그 연기[22]로 반야[23]를 꿈꾸리.

---

21) 정토(淨土) : 부처나 보살이 사는, 번뇌의 굴레를 벗어난 아주 깨끗한 세상.

22) 연기(緣起) : 모든 현상이 생기(生起) 소멸 하는 법칙. 이에 따르면 모든 현상은 원인인 인(因)과 조건인 연(緣)이 상호 관계하여 성립하며, 인연이 없으면 결과도 없다.

23) 반야(般若) : 대승 불교에서 만물의 참다운 실상을 깨닫고 불법을 꿰뚫는 지혜. 온갖 분별과 망상에서 벗어나 존재의 참모습을 앎으로써 성불에 이르게 되는 마음의 작용을 이른다.

전도 몽상

환경연기

오욕(五慾)에 나부끼는
그림자 만발한
저 색공(色空) [24]의 물결들

은밀한 애무(愛撫) 같은
무명(無明)한 재미를
대명(大明)인들 알랴

휘황(輝煌)한 꿈속을 누가 알까를
시샘하는 뭇 중생들의 이몽(異夢).

24) 색공은 색즉시공(色卽是空), 공즉시색(空卽是色)을 줄인 말이다. 색즉시공(色卽是空)은 현실의 물질적 존재는 모두 인연에 따라 만들어진 것으로서 불변하는 고유의 존재성이 없음을 이르는 말이다. 공즉시색(空卽是色)은 공(空)의 본성이 바로 색(色)이다. 즉 만물(萬物)이라는 말이다. 만물의 본성인 공이 연속적인 인연에 의하여 임시로 다양한 만물로서 존재 한다는 것이다.

늘 푸른 소낭구와 석탑

사철 푸르른 소낭구
그 옆에 천년을 지새운
석탑의 얼굴이 있다.
그 얼굴을 간지른 미소
따스한 바람과 공기가
대지의 생명을 스치운다.
석탑이 웃고 있다.
진리의 한 소식 봄이로구나.

늘 푸른 소낭구와 석탑

허울

창조를 부르는
영원한 샘물이여!
샘물처럼 솟는
칼날 예리함으로

진실 저 너머에
가득한 기만의 가면
메스를 용납 않는
의사의 허물을

지게를 팽개친
파계자의 한 소식
눈감으면 보이는 파란별이 둥둥.

무쌍한 꿈길 생멸

바람타고 날아 온
꿈길 돈오(頓悟)
눈꽃선녀가
아름답게 피어오른다.

저 허공을 날던
눈꽃선녀 뉘 사랑을
받는 아리따움이기에
삼처전심[25]을 뛰어넘는
아라한과[26]의 보살신인가.

---

25) 삼처전심이란? 선종사에 붓다께서 세 곳에서 마하가섭에게 마음으로 가르침을 전한 일이다. 첫 번째 현악 영산회상에서 염화미소를 지어보인 일, 두 번째 다자탑 앞에서 자리를 나누어 앉게 한 일, 세 번째 붓다께서 열반에 든 뒤 마하가섭이 오자 쌍림수(雙林樹) 아래의 관(棺) 속에서 발을 내밀어 보인 일을 이른다.

26) 아라한과(阿羅漢果)란? 불교사과(四果)의 하나로 성문사과의 가장 윗자리를 이른다. 수행을 완수하여 모든 번뇌를 끊고 다시 생사의 세계에 윤회하지 않는 아라한의 자리로서, 소승불교의 궁극에 이른 성문(聲聞)의 첫 번째 지위이다.

바람 머문 자리에
찰라의 생을 선보인
황홀한 꿈 나래를
벌서 잠에서 깨우려는가.

일순간 자유롭게 날던 방황
눈 뜨고 싶지 않네.
눈꽃선녀의 품이 그리운 꿈
한 생애의 생멸을 여읜
주인공 되기를 닦던 점수(漸修)

깨진 수래 위에
조용히 가라앉는 니르바나
오늘도 툇마루에 부는
희미한 바람 머무는 곳에

허공

바람 없는
저 허공
구름 한 점
외로운 마음도
구름 한 점
구름에 실린
이 마음 둥둥

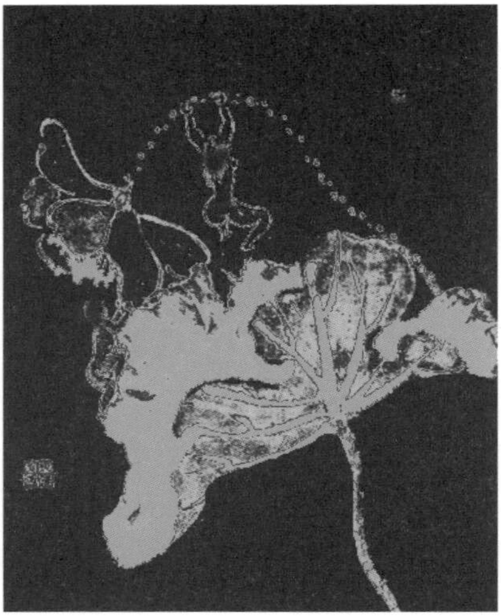

연화장

마음이 하는 일

마음은 삶의 거울
생각이 암울하면
생활도 같이 암울하고
마음이 유쾌하면
자신의 삶만이 아니라
주변의 삶도 함께 밝다.

밝고 어둠의 양면은
빛과 그림자의 관계
그림자는 빛을 떠나서
있을 수 없는 존재

마음이 광명에 부합하면
장애가 없는 무애.

살아천년 죽어천년

사천왕문

동서남북 사방을
주제하는 문 사천왕[27]문
이 문을 통과할 때면
비 불자들은 편치가 않다네.

누군가를 감시하는 듯한
두려움이 엄습 한 자태
엄숙하고 경건함이 스며든 혼미
흘긴 눈매가 공포스럽단다.

위엄을 갖춘 사천왕의 임무는
가람을 수호하는 일
공(空)을 부정하는 자를 훼방하고
시간을 훔치는 자 말고는
죽음을 쫓는 자를 단죄 할 뿐.

---

27) 사천왕(동 지국천왕, 서 광목천왕, 남 증장천왕, 북 다문천왕)은 불법을 수호하는 수호신들 중에 4방위(동서남북)을 맡고 있는 인물들이다.

그래서 사자가 사천왕의 발밑에
밟혀있는 것 그것 말고는
공포와 두려움으로 떨게 하거나
아무도 감시의 대상이 아니란다.

사자라도 빌미가 없으면 자유 한 절(寺)도량
빗장도 없는 출입이 자유로운 이 문을 지나면
죽음이 없는 마당에 이르거늘
누가 이 큰 복락을 공포로부터 두려워하랴.

사천왕의 임무를 알면 흘긴 눈매도
미소가 되어 여유롭고 아름답나니.

생사가 없는 그 마당에
영생의 말씀 전하는
공을 안내하는 진리의 사도(師道)
시간을 자유 한 다르마가 [28)]
자비의 몸이며 진리의 님이시라고

28) 자연과 사회의 조화를 이루는 질서 체계를 지키려는 행동규범. 인도 신화에서 강조하는 주제로 인도인들에게 가장 중요한 삶의 양식이자 의무이다.

성자의 소견

마음 쓰는 일이
부질없는 것이라서
관심밖에 머물면
물욕이 끊어지고
관심 속에 물들면
물욕에 젖는다네.

마음은 시공과
경계가 없어서
경계에 물들면
생멸이 생기고
경계를 여의면
생멸이 끊어진다는 것을

관음보살의 역활도

바람산하

5

바람도 쉬어가는 고갯마루

맑은 웃음이 마음그릇에

좋아하고 미워하는 감정
눈에 비치는 마음작용
대비되는 것들의 평정한 운하

사색이 마음그릇에 담기더니
보리(菩提)[29] 신(身)의 지시대로

기름이 되고 심지가 되어
제 몸을 태워 밝히는 빛으로
사랑도 비추고 미움도 비추고
용서도 비추며 어둠을 밝히는

---

29) 보리(菩提) : 불교 최고의 이상인 불타 정각의 지혜. 더 깊이 들어가면 삼보리(三菩提)가 있다. 진성보리(眞性菩提), 실지보리(實智菩提), 방편보리(方便菩提)로 나누어지는데, 진성보리는 우주의 본체이며 만유(萬有)의 실상(實相)인 진여(眞如)의 본체를 하나의 불과(佛果)로 간주하여 이르는 말이다. 실지보리는 모든 존재의 실상을 아는 깨달음을 이르는 말이다. 그리고 방편보리는 말 그대로 방편으로써 중생을 교화하여 이익되게 하는 것이 곧 보리라는 뜻을 이르는 말이다.

세간해[30]의 중생위하는
천백억 가지 화신의 몸
알아차린 전심을 꽉 붙잡고
고행을 기꺼이 마음 닦아 맺은 망울

비켜간 시간들의 시향(施香)이 되어
절대 그대만을 은혜하고 사모하는
진여를 진여를 향해 인고의 화목에 핀
한 떨기 꽃이 활짝 맑은 웃음이여라

---

30) 선서(善逝)와 세간해(世間解)를 합한 것이 여래십호(如來十號)이다. 선서는 잘 가신 분이라는 뜻으로, 붓다를 달리 이르는 말이다. 피안(彼岸)에 가서 다시는 이 세상에 돌아오지 않는다고 하여 이렇게 이른다. 세간해는 세상의 모든 것을 안다는 뜻으로, 부처를 달리 이르는 말이다.

이심전심

우리가 서로의 마음을
볼 수도 알 수도 없는
그러나 읽을 수는 있는

때로는 기쁘고 슬프던
우리의 삶속에 강물처럼 흐르는
변화무쌍한 시간들
그 세월감이 무상함을 느끼듯이
절절히 느끼듯이

볼 수도 만져볼 수도 없는 것이
마음이고 무쌍한 세월이지만
우리는 그 속에서 서로의
마음을 느끼고 읽어왔던 나날들
진여[31)]를 한없이 좋아했던 시간들

31) 무상(無常), 무아(無我)하고 괴로운 것이 인생의 '진실한 모습'이며, 연기(緣起)하고 있는 이 세계가 틀림없는 '있는 그대로의 모습'이라고 하는 의미에서 '진여'라고 부른다.

서로를 느끼고 잘 읽어냈던
서로 통해있는 마음자리가 이심전심
우리가 우리가 점점 짧아져가는
남아있는 전촉 같은 나날도 시간도
진여와 함께하기를 신애하며

희로애락의 마음을 서로의 마음을
진여를 함께하는 즐거움으로
서로의 마음의 희로애락을
만져줄 수 있는 서로이기를 이심전심이기를

연의 일생

계절병

채워도
채워도
비어있는 빈 가슴
때 묻은 망상만
구름처럼 피는구나.

은밀히 만나고픈
계절의 화신
무명에 쌓인 욕망
방황이 되어
정처 없는 방황이 되어

누군가를
누군가를 찾아 헤맨
설렘으로 벅찬 가슴
찾아 헤맨 그님이
진여였음 좋겠네.

신열 하는 불덩이
아직도 화택에서 헤매다니

일몰(日沒) (지는 삶)

저녁놀에 실린
낡아 가는 주인공
쓸쓸한 독백 뒤에
쓸모없는 밥통.

일몰

분별을 잃은 소리

오색물결 일렁이던
아름다운 가을이
가을이 한창 찬란 터니

마른 잎이 떨어져 구르던
바람에 흩어져 스산한 소리
발밑에 발핀 낙엽이 푹신 푹신

겨울 뜨락 앙상한 가지 끝에
봄을 보채는 초록빛 더 짙은
여름 성큼한 저 소리 들리는가.

아침에는 있다가 저녁에는 없는
시공을 따라 흐른 생사의 문
걸림 없는 정각이 오욕에 나부껴

낳고 죽는 큰일 그냥 두고
칠흑 밤을 헤매는 무명한 생
한 생애의 어지러운 아우성만 …

내 부처는 술래

내 부처는 술래다
내 맘속 어디에 꼭꼭
그 모습이 숨었는지

내 부처는 술래다.
술래 잡는 날
나도 부처님 된다.

달마선

성품바다

바람 없는 저 허공
구름 한 점 나투고
일월보다 밝은
그 빛 맘에 품고
진여자성 그 바다 그 하늘에
자유로이 둥둥 떠서
그리운 님 훤히 비춰
연모한 정 기리리.

억새의 노래

의식의 가면

눈 속엔 아직도 잠이
깨어나지 못한 부처가
중생의 몸이라는 것을

어둠 속의 진실은
실체가 드러나지 않는
의식의 가면이라네.

시비분별은 두 눈이 아니라
중생의 알음앓이로 집착한 맘
문득 잠에서 깨어나
육안에 비치는 만고강산

달빛 휘양 한 천지를 바라보고
월세계를 그리워하듯이
삼명 육통 팔 해탈도[32)]
중생심에는 누진을 쌓는 번뇌의 집이라고.

---

32) 아라한이 가지고 있는 세 가지 지혜. 숙명명, 천안명, 누진명을 이른다.
천안통 · 천이통 · 타심통 · 숙명통 · 신족통 · 누진통의 여섯가지 신통력. 번뇌의 속박에서 벗어나는 여덟 가지 선정(禪定). 참조어로는 내무색상관외색해탈(內無色想觀外色解脫), 내유색상관외색해탈(內有色想觀外色解脫), 멸수상정해탈(滅受想定解脫), 무소유처해탈(無所有處解脫), 정해탈신작증구족주(淨解脫身作證具足住), 공무변처해탈(空無邊處解脫), 비상비비상처해탈(非想非非想處解脫), 식무변처해탈(識無邊處解脫) 등. 팔해탈의 설명량이 너무 길어 생략함으로 사전 찾아보기를 권함.

히말라야

6

천상 옷도 맞아 벗고

히말라야

구름위로 솟아오른
저 높은 에베레스트
햇살에 설산이 탄다.

신비의 저 흰붉은 산
수미(須彌)의 얼굴인가
삼십삼천(三十三天) 그 하늘아래
뾰족한 봉봉
천상의 소리도 들릴 듯이

윤회의 비밀
설산에 묻었냐고
소리소리 질러도
메아리 없는 대답
공허 하구나.

어둠을 살라먹고
상(相)을 드러낸
저 산자락에
이 마음도 함께 들추어
삼세(三世)를 번뇌한
탐(貪),진(嗔),치(癡) 무명한 때 옷
다 벗어 버리고

윤회 멎어버린 영생의 몸 되었으면.

육신의 재가 되어

슬픈 기운이 안개처럼 몽롱한
시신이 타는 내팔 국(國) 다비장
음산한 바람이 싸늘하게
감정을 전율한다.

주검에 불 지피는 화장장이
꿈처럼 검붉은 살기 돋친 눈동자
그 모습 귀신도 오금을 떤다네.

제물로 끌려나온 죄 없는 염소
번쩍거리는 도끼날에
산 채로 목이 잘린단다.

목에서 솟는 생피 주위에 뿌려
죽은 자의 영혼을 달래고
조객의 배를 채운다지.

육도 중에 축생의 죄 가가
인간의 죽음과 무슨 과보란 말인가?
순례자가 남긴 엘레지의 한 토막
발보리심 발보리심

죽어서 가는 마지막 길
새로운 삶이 열린다는 저 생을 믿고
육신은 재가 되어 바람으로 날아간다.

울부짖는 상주의 슬픔담긴 메아리
시신이 타는 불길 속으로 사라지는 무상함
차창을 스치는 개천가 화장탑에
희뿌연 연기만 자욱이 피어오른다.

영욕의 잠

오욕으로 타는 몸이
영욕의 청맹 되어
간밤에 깊은 잠
천년 꿈이 아름답더니
만천하를 호령하던
그 위세는 어디가고
고개 떨군 저 모양
눈물 숙연하다.
홀연히 저문 꿈이
그림자 허상 되어
무상한 바람만 어지럽군.

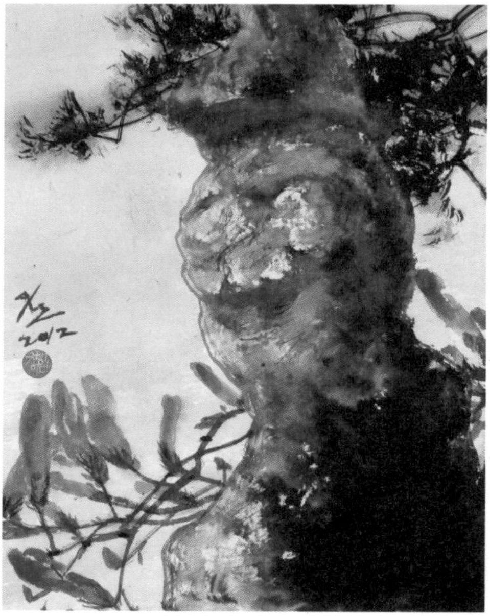

돌장승(3)

무상의 노래

무상을 아시나요.
무상을
보이거나 보이지 않거나
늘 변화의 물결은
성난 파도 같은데.

생활 속에서
간단없는 무상을
사람들은 실감치 않네.

무상을 아시나요.
무상을
권좌에 있거나 명예를 얻었거나
부를 누리는 사람일 수 록
한치 앞도 보지 못하네.

뽐내고 사리고 자만함으로
가득한 그 독단
가관일 만큼 어리석어서
삼독으로 장엄한 생이
제아무리 화려해도
그 끝이 훤히 다 보이거늘.

헛소식

깨지도 않는
잠꼬대를
사자후로 착각하는
자칭 도인들의 이목
사람들이 깔깔대는 지도 모르고.

환경연기1

다시 피어나는 진실

내 이상국토(理想國土)
그곳이 어디냐
귀 즐겁던 말
속삭이는 어느 날.

행복(幸福)을 보채는
자진 탐욕이
낭떠러지 그 날을 만들어
일그러진 상(相)으로 다가서는 아픔.

내가 부서진 자리에
다시 피어나는 진실
그 본디에서 들리는
사랑의 메아리가
허공을 부수고 돌아갈 때
빈 가슴에 꿈처럼 남는 투명한 여울.

무상한 이치

아무리 채워도 갈증을
해소하지 못한 끝없는 욕망
힘 가진 자들의 말로를
그 괴를 같이하는 자들까지
삼독으로 단장한 우쭐한
자들의 뒤끝 불행을 보라
화려하게 피었다가
초라하게 지는
모란꽃 짧은 생을
부귀장춘을 바랐던 자들이
그 봄이 한없이 길었다면
부귀장춘은 희망, 무상, 어리석음
모두 다 공허한 거짓말 될 터였네.

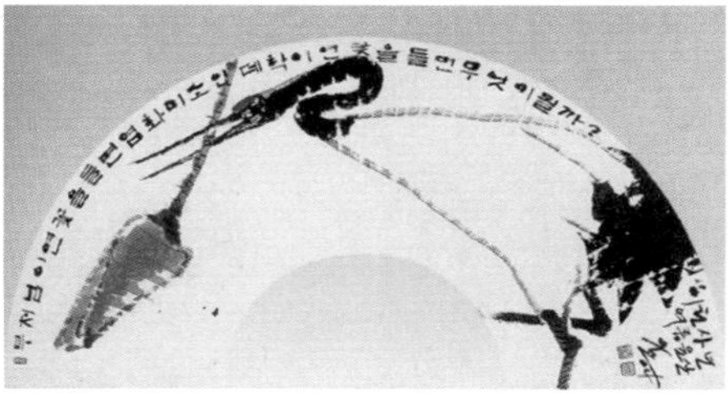

염화미소

껍질을 깨지 못한 몸

내가 더불어 사회가 되고
국토가 되고 우주가 되는
한 몸을 되 내이는
큰 나를 부르짖으면서

작은 나로 돌아가 버린

아니 작은 나를 벗지 못한
업보의 때가 너무 두꺼워
무명의 껍질을 깨지 못한
보리의 이 아픔.

먹이사슬

묵연

7

정토 단장한 몸이
그대 웃음 속에

하늘을 우러러

겹겹이 푸른 연잎위로
목을 길게 빼고 솟아오른
꽃 대궁에 걸린 미소
향기 머금고 흐르는
고결한 흰빛 수줍다.

중천 햇살에 마주친 눈
웃어 보인 한 소식
향 맑은 시향을 위해
대웅[33]이 전한 염화미소 [34]

폭염을 향기롭게
여여 한 세월에 담아.
그대를 지탱케 한 검푸른
잎 새들의 조력 합창

청정무구하고 상락아정 한
성위의 자비화신인 지고.

---

33) 대웅은 부처님의 덕호이다. 그래서 법당을 대웅전이라 한다.

34) 염화미소 또는 염화시중이라고도 한다. 말로 통하지 아니하고 마음에서 마음으로 전하는 일. 석가모니가 영산회(靈山會)에서 연꽃 한 송이를 대중에게 들어 보이자 마하가섭만이 그 뜻을 깨닫고 미소를 지었다는데서 유래한다.

밤에도 핀연

하늘로 솟아올라
해님과 눈 맞추며
밝은 웃음 다툰 하루
밤이 되어도 웃음 멎지 않네.

시공을 넘나드는 맑은 바람에
법향 실어 나르던 시락관음(施樂觀音)[35]
웃음 다물지 않는 그대
성위를 보좌한 밤에도 핀연

밤새 피어올린 웃음 그대로
무상사 조어장부[36]의 손에 들려
가섭의 웃음 자아낸
한 소식 소리 없는 웃음

---

35) 시락관음(施樂觀音)은 삼십삼 관음의 하나. 연못가에 앉아 연꽃을 바라보고 있는 모습이다

36) 무상사조어장부란? 부처의 공덕을 기리는 열 가지 칭호. 곧, 여래(如來) · 응공(應供) · 정변지(正遍知) · 명행족(明行足) · 선서(善逝) · 세간해(世間解) · 무상사(無上士) · 조어장부(調御丈夫) · 천인사(天人師) · 불세존(佛世尊)이다. 여래십호(如來十號)이다. 무상사와 조어장부를 합한 명호이다. 무상사는 부처는 정(情)을 가진 존재 가운데 가장 높아서 그 위가 없는 대사라는 뜻. 조어장부는 중생을 잘 이끌어 가르치는 사람이라는 뜻으로, 부처를 달리 이르는 말이다.

피안에 이른 고향

금빛 화심으로 곱게
단장한 푸른 연실이
또 다른 검은 연실 되더니
다 벗어버린 알몸으로
삶과 죽음(生死) 넘어 이른
피안[37]을 그리던 고향
바람에 실린 향 맑은 기운
다 소진한 몸 씨알의 소임
영생의 몸으로 다시 나툴
니르바나의 실상 열반적정(涅槃寂靜).[38]

백연

37) 피안이란? 불교에서 사바세계 저쪽에 있는 깨달음의 세계, 이승의 번뇌를 해탈하여 열반의 세계에 이름. 또는 그런 경지를 말한다.

38) 열반의 경지는 고요하고 청정하며 안정(安定)한 곳이라는 뜻을 이르는 말이다.

해를 밴 요니(Yoni)

백설 같은 흰 빛으로
어둠속에 더 튀는
소복 고운 웃음이
여명을 불러온 이른 아침
해오름 전 꽃잎 속을 보라
그 속엔 그 속엔
태양을 잉태하고 있다.

진흙탕에 뿌리박고 사는
낮잡아 이른 연
요니(Yoni)[39] 요니는
무명을 밝히는 태양을 낳는 존재

가냘픈 자루 끝에 달린 둥근 잎
흙탕물 속에 몸을 담그고 살아도
물에 젖지 않는 항상 정갈한 연
속진에 묻혀 사는 우리도
물들지 않는 연 너 요니가 좋다.
요니(Yoni)가 좋아

---

39) 여음상(女陰像)은 인도에서 숭배되는 여성의 생식기상(像)으로, 여자의 생식력의 표상으로 예배함.

저리도 고운 웃음

속진을 두르고도
물들지 않고
하늘을 우러러
저리도 고운 웃음

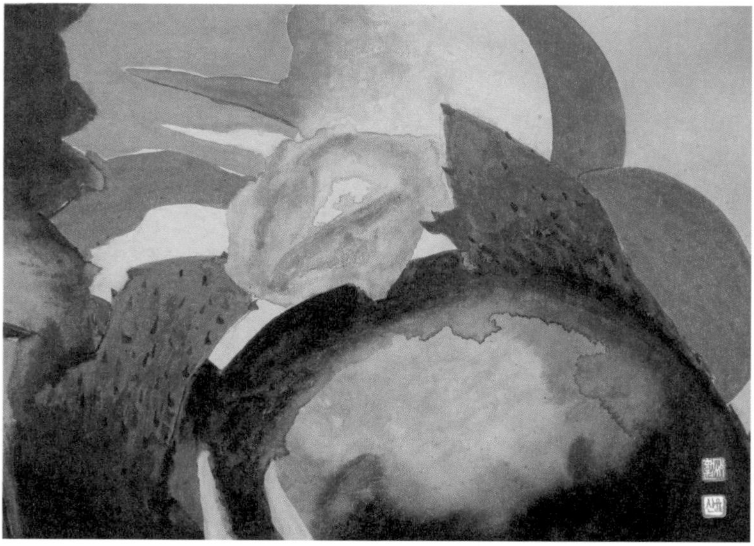

우주를 쌓고

찰나에 나신으로 서서

해님과도 눈 맞추고
달님과도 눈 맞추고
밤낮으로 피어올린
긴 목으로 하늘거리던
너의 고운 웃음 진
고결한 그 모습

고해를 향해 떨군
성위의 자비화신
찰나에 나신으로 서서
화장세계를 앞에 두고
회고의 한생애가
물거울에 어리구나.

열반이 함께 있는
조화로운 윤회의 길목에
영겁의 생명을 연기한
우주의 실상 적멸위락(寂滅爲樂)[40]

---

40) 생사의 괴로움에 대하여, 적정(寂靜)한 열반의 경지를 참된 즐거움으로 삼는 일.

맑은 단장

하늘을 우러러
수줍은 듯 다문 입
고개 숙인 푸른 연실
생사가 한몸 된
금빛화심 찬란하다.

법향 실은 맑은 바람
어디로 불고
어둠 사른 중천의 밝은 빛
어디를 비추나.
씨알로 다시 날 무량수
영원한 생명의 실상

홍연

보리심의 교결한 웃음도

연잎에 구른 빗방울
수정 같은 방울들이 모이면
환상의 큰 덩어리가 되어
연잎 안에서 일렁이다가
연잎 밖으로 뒹굴어 떨어진다.
흙탕물이 잎자루 끝까지
둥근 잎이 물속에 잠겨도
잎은 물에 젖거나 물들지 않네.

하늘을 우러러 밤낮에 피어올린
향 맑은 붉고 흰 고운 웃음들
만 인 앞에 웃어 보인 절정
결국 보리심[41)]의 고결한 웃음도
그 많은 연잎들이 흙탕물에
몸을 담그고 꽃이 지탱하도록
맡은 소임을 다하는
빛과 그림자가 답하고 있네.

수정을 굴리는 유혹에 물들거나
광란의 고난에도 굳건히 서서

---

41) 보리심(菩提心)이란? 불교 즉 불도의 깨달음을 얻고 그 깨달음으로써 널리 중생을 교화하려는 마음.

삼선암

8

북녘의 내금강 기행

금강산을 가면서

갈라진 강토 북녘 땅
금강은 그대로 불토(佛土)인가
그냥 우리네 남녘의 불토(不土)인가
동해를 끼고 달리는 차창 밖
산하의 풍광은 조용히 말이 없다.
두리번거리는 흥분의 두 눈과
두근거리는 가슴이 설렌다.

뱃길이 열리고 그 뒤로 육로가 뚫려
또 다시 밟게 되는 감회
군사분계선의 출경절차를 마치고 달려간
이곳이 온정령(溫井嶺) 북녘의 관문이란다.
반세기를 훌쩍 넘긴 우리네 不土
이데올로기가 숨쉬던 곳, 아니 춤추던 곳
체제가 다른 겨레의 시린 한 가슴에 묻고,
실향한 동포들의 망향의 한도 가슴에 묻고
넋 놓은 애달픈 이산(離散)의 아픔을

내가 당한 서러움 아니기에
그 아픔도 애증도 덜 하지만
6.15선언 이후 이렇게라도 길이 뚫려
간신이 이어진 동해선 녹슨 철길
그 위로 가로지른 38철책선

굳은 문이 열리고 다치는 장막
동족(同族)이 하나 되자는 숙제를 놓고
아직은 철길 내루처럼 평행선을 달린다.
비무장의 삼팔 휴전선
온갖 통제가 난무하는,
갖가지 트집이 난무하는
분계선의 우리네 슬픈 자화상
아니, 이것도 얼마나 다행한 일인가
이런 투정조차 말이 안 되는
그런 시절 돌아본다.

툭하면 빌미의 불시(不時)를
인내의 한계 어찌했으면 좋으랴
빼어난 금강의 북녘을 향해
무상한 큰 바람아 쉼 없이 불어라
조국의 조용한 금강을 남녘동포들이
끊임없이 오르고 있다.

금강은 남녘의 不土가 아니라
그대로 불성의 佛土라면 얼마나 좋으리.
이곳을 밟는 순간
한 생각 지혜의 문 열리면 더 좋으리.
불성의 금강산을 가노라네.
가노라네.

금강에 접어들어

불성(佛性)의 땅 금강을 간다.
온정령 넘어 금강구에 들어서니
원시림으로 우거진
미인송 울창한 길 양단에
목면(木面) 빛 짙푸른 봉래(蓬萊)의 산림(森林)들이
나를 마중하느라 사방에 도열하여 섰네.
싱그러운 향훈 만발하며 만발하며
삼림욕을 인도 한 듯…
찰라의 시간들이 억겁을 멈춰 선
그늘 속으로 나도 함께 멈춰 서서
금강의 기(氣)를 호흡하였네.

얼씨구

내금강을 가다

외금강을 넘어
두 시간 남짓 비포장을 달려간
금강군 들녘의 내밀한 손짓
널브러진 옥수수 밭 분지들이 짙푸르다.
간간이 북녘 마을이 보이고
천해의 맑은 시냇물이 용처럼
굽이지어 흐른다.

마을 어귀 여느 집에서는
한낮에 피어오른 새하얀 연기
검푸른 산허리를 흐느적거린 선으로
허공을 가른다.
네 어린 시절 잿빛 추억을 다시 보듯이
오염 없는 전원을 예서 느끼다니
금강의 내밀한 속살은 그대로 고요롭다.
일하고 먹고 자는 반복이 고작인
내 것이 없는 인민의 찌든 삶이 행복이라고
억지 무소유의 미륵정토가 여명을 잃은 채

구름 흐린 중천에 메어 멈춰 서있다.
금강전원의 마을들도 화갑의 세월을 그대로
시간이 정지되어 서 있다.

북녘의 무명한 동포들이여
북녘의 무명한 업보들이여

번성했던 장안사 빈터에 외로운 부도 한 점
한 소식 날마다 좋은 날을 염원하는,
남북이 하나 되는 그날을 염원하는
정토(淨土)의 넋은 어디갔나 정토의 넋은

봉래산에 올라

구름 속에 자취를 묻고
수즙은 듯 장엄한 허공을 나는 산
억겁을 호흡한 미모의 봉봉
천선대, 망향대 두루 올라
봉래산 당신을 입 맞추러 왔소.

문호들의 만수시경(萬數詩經)이 드러낸
당신을 느낀 감정
입이 마르도록 귀가 아프도록
표현을 막아버린 미모의 초연한 자태
만나서 느껴 보라고 그래서
극락을 갖춘 당신을 꿈꾸게 되었소.
나도 한번 당신을 품어보겠다고…

지금껏 그리던 불토의 몸
당신을 흠모하다 이제야 때를 만나
기별도 없이 한순간에 달려와
당신의 운무 옷 속저고리를 벗는 순간
속살을 들어낸 황홀한 극락을
찰라에 머문 영겁으로 빠져 들었소.

누가 물으면 무어라고 말해야 할지
그냥 할 말을 다 잊어 버렸소.
기암이 짙푸른 옷 위로 만학천봉을 드러낸
불토의 몸 금강을
내 아무리 당신을 절규해도
속치마까지 다 벗지 말라고
당신을 품기는 내 가슴이 너무 작다고…

삼선암

무릉의 큰 나무 숲
고적한 길섶 아래
수석으로 장엄한 맑은 시냇물
콸콸 흐르는 소리

삼선암 높이 솟아
양기를 허공에 뿜는 남근
아직 짝을 만나지 못한
네 모양이 금강이 더냐
이 몸이 남녘의 너를 품을 여자로
태어나지 못한 것이 서럽다.

일만이천 정기를 받아
불국토 아승지겁 태몽을 꾸고
너 같은 금강동(金剛童)이나
전륜성왕(轉輪聖王)을 점지하여
통일장군을 내 지르지 못한 것이…

금강묘길상 마애불

내금강 스케치

장안사 옛터와 삼불암,
표훈사 만폭동 두루 거쳐
보덕굴에 단좌하고
그 모습을 반조하니
어느 생애인가
내가 금강의 여느 절에 살았던 것처럼
낯 설지 않는 흔연함이
지워지지 않는다.

묘길상 마애불과 인사를 나누고
다시 마하연[42]에 올라
과거생의 추억을 숙명하나니
석축과 주춧돌만 남긴 허물어진
빈터에 솔바람이 스친다.

---

42) 마하연(摩訶衍) : 강원도 회양군 내금강면 장연리 금강산에 있는 절. 유점사의 말사(末寺)로, 신라 문무왕 1년(661)에 의상이 창건하였다. 대승(大乘)에선 중생을 제도하여 부처의 경지에 이르게 하는 것을 이상으로 하는 불교의 법어.

영겁의 저 먼 날
불국의 인연이 아직 남아 있다고
잡초가 우거진 법당 터에
등산복 이대로 정좌하여
무상한 시간들을 어루만져 보았네.

적의 은신 막는다고 문화의 혼을 죽인
문화재 파괴자들이 적보다 더
야만인임으로 그들을 용서하지 말라고
중얼 중얼…
그 잔흔 일깨우며
의식도 몸뚱이도 달라진 과거생의 내가
불연의 끈으로 마하연 흔적을 붙잡고 서서
민족혼은 이데올로기 보다 우선하는 것이라고

무엇이 우리를 가로 막느냐고.

일주문

빗장이 없는 문
일주문에도
무상한 이변인가
눈이
숨어 있네.

일주문

내가 진짜 배신자

조용히 열린 화택(火宅)의 문
동력에 솟는 해 황홀한 고해(苦海)

허상 쫓아 행복 잡으려 내민 손
저 많은 손들이
고해위에 나래를 펴고
사랑과 부귀 탐하여 멈추지 않는 불길
속이고 속는 배신자들 분노하는 활화산

여기 불집에 노닐던 님 들 너나 할 것 없이
사사로운 이권에 얼기설기
타오르는 복수의 화신(化身)
바꾸지 못하는 전도(顚倒)된 이 마음

갖은 영화(榮華) 온갖 욕심 다 챙겨
떠받든 몸뚱이 그 정성 다 했으면
무너지지 말아야지
호흡 멎어버린 육신(肉身)덩이

진짜 배신자를 자신의 몸으로 두고

자목련과 미륵

9

사사로움이 머문 자리

육도에 부는 바람

티끌 어지러운 세상
다 벗어버리고
인계를 여인님들이여!

육도(六道)에 부는 바람

눌 기다려 머무는가?
천상 옷도 마저 벗고
영생의 몸 이루소서.

* 이 시는 1998년 7월에 유명을 달리한 부모님과 형제들의 매장을 허물어 개인적으로 화장하여 한꺼번에 탑에 봉안하여 이 탑명을 향적탑이라 이름하고, 이 시를 탑에 새겼다. 그리고 옆에는 조그맣게 향적탑비의 해설을 담아 세웠다.

인수봉

영원한 생명의 빛

갖은 영욕
부귀영화
다 누려도
백년도 못사는 삶
허무한 찰라

무상한 맘으로
영생을 넘보는
큰 욕심 갖고
생사문 두들긴
가벼운 업보

고통을 깎아 세운
정진력 강한 결정
한 소식 얻은 뒤에

허공에 떠도는
바람이 되어
자유가 되어
막힘도 걸림도 없는
절대 자유가 되어

피안에 이르는 니르바나
육신껍질 벗고 나면
그 의식 법 기둥 세우고
다비화로 활짝 피어
영생으로 타 오르는
금빛 밝은 불꽃화신

우주와 하나 되는
정기가 되어
영원한 생명의 빛이 되어
무주법비 시방에 두루 내려
중생의 잠을 깨우는 종소리 아우셔라.

* 청화 큰 스님이 열반에 들어 그 색신에 불 들어가던 날 불꽃이 이글거리는 그 장면을 보고 모양으로 나툰 한 생이 흔적을 지우고 가는 것을 그린 것이다. 이제 그 색신의 흔적은 찾아볼 수 없지만, 그가 세상에 와서 만중생의 정신에 법연을 심어놓은 공덕이 바로 영원성이다. 다시 말하면 그 영원성을 일깨우는 종소리가 멎지 않고 갈수록 그리워지는 것은 그가 우리의 정신에 함께 살아 있다는 뜻이다. 그것은 끊어짐이 없는 인류, 곧 우리의 생명과 함께 살고 있음을 그가 시방에 두루 내린 무주의 법비임을 암시하고자 하는 시이다.

연꽃예찬

1. 오염 없는 연화장

연화은 인류에게 사랑을 받는 꽃
연화은 인류에게 사랑을 주는 꽃

인류보다 먼저 태어난 님
영생의 실상을 안내한 님
자기 몸을 아낌없이 보시한 님
몸소 임무를 통해서 교화한 님
화합의 지혜를 실천한 님
성인의 가르침을 비유케 한 님

연은 뿌리 줄기 잎 꽃 연실을 몸소
사람들께 자신의 삶을 내 보이고
뿌리를 진흙탕에 박고 서서 모든 오염을
정화하여 줄기를 통해 잎으로 꽃으로
보내는 소임을 촌각도 멈추지 않는다오.

줄기에 의탁한 그 많은 잎들이 위 아래로
층을 이루어 빛을 고루 받지 못해도
잎이 서로 뒤엉켜 부비고 법석을 떨망정
서로 글키거나 찍키고 찢어지는 일도 없이
불평불만도 없는 서로 화합만 있을 뿐.

빗물을 쏟고 흙탕물을 씌우는 외부의 강제에도
오염에 물들지도 물에 젖지도 않고 촌각도 흔들림 없다오.

2. 정토의 고향

연(蓮)은 사람보다 지구에 먼저 와서
사람을 기다린 성위(聖位)의 식물화신

사바의 삶이 진흙탕물처럼 혼탁한 유사성에
비교컨대 사람들은 좋고 나쁜 점에 물들지만
연화은 정반(正反) 어디에도 치우치지 않고
중도를 지키는 식물로서 어느 곳에 처해도
불변하는 본성 그대로 반야의 삶을 내 보인다오.

최후엔 꽃을 피워 올릴 때도 밤낮을 가리지 않고
진 흙탕물 속 연잎위로 높이 솟아 하늘을 우러러
향 맑은 웃음을 웃어 보이기까지 털끝만큼도
오염이 없는 청정무구한 고결함을 지닌 채
향을 실어 나르는 동안 꽃잎이 다 떨어지고
푸른 연실에 금빛화심 목에 걸고 화장세계[43]를
단장한 검은 연실 그 안에 몇 만 년 후에도
다시 태어날 캡슐 씨알이 생사가 없음을 증하고 있다오.

연은 성위의 보살신이기에 뿌리에서
이파리 꽃 씨알 까지 전부를 약용 식용에
필요한 이들에게 가져가도록 몸 통째로 보시한다오.

---

43) 화장세계란? 불교에서 그리는 세계의 모습. 연꽃에서 태어난 세계 또는 연꽃 속에 담겨있는 세계라는 뜻. 화장계 또는 연화장세계라 이름 함 .

선객

댓잎 소슬 대는
바람소리에
이치를 기울이는
한 소식 쫓는 나그네.

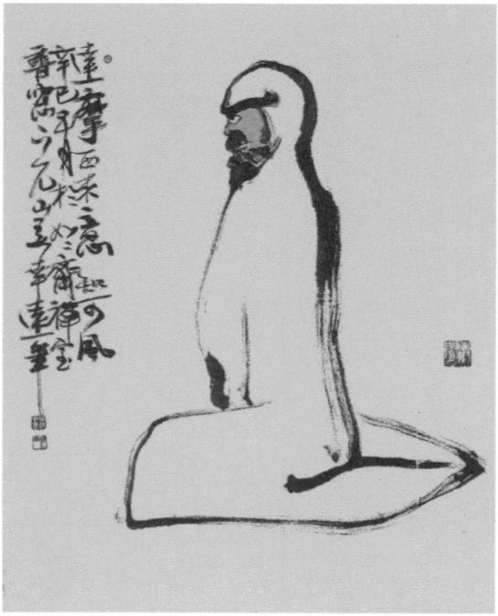

달마서래의

잠꼬대

개짓는
소리 듣고
크게 웃는
내 웃음.

화려한 사치

잔뜩 꾸민 공작
뒷 곳이 훤히
다 보인다.

서예

(후 기)

나의 창작세계

맑은 기운 순결한 몸짓으로 저 창공을 한없이 날고 싶다. 무위한 자연을 만나서 자연 그대로 걸림 없는 영원한 자유의 삶을 그려본다. 이러한 생각은 첨단을 사는 인위적(人爲的) 변화의 오염에 대한 청정 세계의 향수일 것이다. 이상(理想)을 드러낸 향수의 그리움은 부딪음(Buddhism)과도 다르지 않는 자신의 시 감정과 관계를 맺고 있다. 그리고 그 감정의 기저에는 생멸(生滅)의 변화에 대한 근원이 무엇일까? 하는 철학적인 대답도 사색(思索)을 통해 감정을 드러내고 있다. 필자가 시집 5집을 내게 된 가운데 불교의 선시(禪詩)를 2집째 내고 있다. 이러한 기저에는 큰 욕심을 가지고 생사의 문을 부셔 없애고자 붓다의 법에 귀의하여 '나는 누구인가'에 대한 대답을 갈구하던 한 때의 편력이 있었다.

비록 그 큰 욕심을 감당하지 못하고 사문(沙門)을 떠나야 했지만 그때 길들여진 사색의 습(習)이 거사(居士)의 삶이 되어 사유(思惟)를 연계해왔다. 지금은 예술인생을 사는 오늘의 또 다른 내가 되어 있어도 그 심층에는 늘 영원성에 대한 정신세계를 갈망하고 있었던 것이다. 그러나 그 갈망을 가로막는 것은 사바의 모든 인연의 끈들이다. 다시 말하면 오욕의 날갯짓이다. 여기엔 우리 인간이 본능적으로 추구하는 안락이 재(財), 색

(色), 식(食), 명(名), 수(睡)라는 오욕락[44]인데 이것이 인간세상에서 할 수 있는 행복의 전부라고 한다.

별것도 아닌 이 다섯 가지가 완벽하게 이루어질 수도 없지만, 설사 이루어진다고 해도 만족은 오래가지 못할 뿐이어서 더 좋은 것이 없을까를 생각하며 끝없는 욕망에 사로잡혀 결국은 인간성이 파괴되기도 한다. 하지만 오욕보다 더 큰 욕심은 성자들이 밝힌 영원성에 부합한 진리에 이르는 길이다. 진리의 길을 향수하는 필자 입장의 예술인생의 사색은 번뇌로 읽아 메어진 속진이 묻어있는 시상의 세계와 맞닿아 있다. 이 또한 문학성에 대한 창작욕심이지만 오욕을 자제하는 길이기도 해서 세속 삶이 단조롭지만 사색이 삶의 한 부분이 될 만큼 사유하기를 좋아했다.

하지만 필자가 가장 잘 할 수 있는 것은 지금껏 호구지책을 이어준 직업 화가이기도 한 그림 그리는 일이다. 이 또한 창작이라는 점은 마찬가지여서 조형언어로는 표현이 잘 안 되는 것들을 글로 옮겨 놓은 작가노트가 시어로 변하게 된 것이다. 그로부터 사색의 선험을 작의하게 되었으나 마음은 한없이 배고파하고 있다. 하지만 영원성을 갈망한 저의 화두는 이 세상에 생멸이 없는 영원한 것은 어디에도 없다는데 두고 있다. 그 변화를 포착하는 것이 창작의 삶이기도 하기 때문이다.

그러나 붓다의 사상은 누구나 사유하면 깨달을 수 있는 법을 제시하

44) 우리가 소유하고자 하는 본능적인 오욕에는 풍족한 재산으로 끊임없는 진수성찬에 남부럽지 않는 명예를 지니며, 아름다운 상대와 고대 광실에서의 비단구름에 쌓이듯 부드러운 잠자리를 하는 것이다.

여 해탈을 통해 생멸을 초월한 절대 자유인이 되는 영생의 길을 열어놓았다. 다시 말하면 니르바나에 이르는 모든 번뇌의 얽매임에서 벗어나고, 진리를 깨달아 나지 않고 죽지 않는 불생불멸의 법을 체득한 불교의 궁극적인 실천 목적을 밝혀 놓았다. 그래서 필자는 부처되는 흉내를 늘 서슴지 않고 있다. 그렇지만 세상에 존재하는 모든 것은 상대적으로 유한한 것들의 집합이 곧 우주이기 때문에 마침내는 선을 통한 우주와 하나 되는 길이 곧 해탈이며 열반에 이르는 길이다.

이러한 명상 즉, 사색의 실천을 통해서 얻은 환희와 자책들을 글로 담아낸 것들이 선시(禪詩)라는 이름을 달고 세상에 나온 것이다. 자화자찬인지 모르지만 경전을 번역하거나 교리를 설한 것이 아니기 때문에 누구에게나 부담이 되지 않는다는 것이 특징이다. 그렇지만 시상(詩想)이라는 문학성이 불교적인 선적 언어로 되어 있어서 처음 대하는 사람들에게는 생소할 수도 있다. 그러나 그 생소한 단어들은 각주를 달아 내용을 상세하게 설명하였다. 그리고 독자 나름대로 충분히 이해할 수 있는 보편적인 개중의 시에도 시가 만들어진 시작 노트를 그대로 옮겨 놓았다. 그러나 까다롭다는 유식철학의 해설이 곁든 난해한 곳도 한두군데 있다.

물론 시문학이라는 예술형식이 철학적 · 종교적인 사고에 접합되어 있다는 점이 종교에 배타성을 지닌 분들에게는 읽어볼 필요가 없을지도 모른다. 하지만 그가 누구라도 종교를 가진 자 즉, 신앙하는 자 입장에서

'다른 종교를 모른다는 것은 나의 종교를 모른다는 말과 다르지 않다'고 생각한다. 이러한 맥락에서 필자의 시는 거사의 삶을 통해서 얻은 선시와 동시에 그 당위를 부록에 별도로 3대 종교의 성립과 명상에 대한 체계적인 입장을 실어 아직 깨어나지 못한 자타의 교도들을 돕고자 하였다. 그렇지만 창작가 입장에서의 시상에 대한 성취동기에는 자기만족이 있을 수 없으므로 시문학인들과 독자들에게 비평적인 입장을 맡기고자 한다.

특히 필자의 시문학에 담긴 전체 내용은 불변하는 것은 이 세상 어디에도 없다는 무상 자체를 직시한 변화, 그대로의 연기(緣起)가 곧 모든 조물의 원리인 불교의 교의(敎義)이기도 하다. 여기에는 유한의 생명으로 결합한 우주는 시간적으로 멈출 수 없는 자체이기 때문에 흐르는 것이 순리요 도리로서의 영원한 무위의 법칙이다. 또한 우주라는 공간에 시간의 정지가 허용되지 않는 이 법칙은 불변이 있을 수 없다는 해답의 증명이기도 하다. 변한다는 것은 무상이며 실체가 없는 공(空)을 의미한 것이다. 다시 말하면 본래의 모양과는 형태가 달라졌다는 것은 변화된 것이며 따라서 그 변화로 인해 본래의 모양인 실체가 전과 같지 않기 때문에 공이나 무(無)가 된 것이다.

이 같은 불교 철학에 담긴 유한한 집합들의 시공간 속에 우리 인류가 결합한 현대의 병은 유물주의에서 비롯된 자본주의 사상에 젖어 끝없는 물욕에서 헤어나지 못하고 있다. 이 속에서 행해지고 있는 모든 행불행에의 문제들은 마음을 어떻게 쓰느냐에 따라 인생의 삶은 극락(천당)을 만나기도 하고 지옥을 만나기도 한다. 물욕으로 존재하는 사바의 삶이 무엇인들 욕심이 동반하는 곳에는 고뇌가 따르지 않을 수는 없다. 필자 역시 세욕(世慾)의 번뇌에 시달리기는 마찬가지이다. 하지만 성자들의 말씀이 진리로 살아있는 한 영원성을 찾는 사람들의 자취는 거룩한 것이다.

진리라고 해서 고정불변한 어떤 교리가 아니며, 우리가 생각하는 이데올로기같은 것도 아니다. 우주의 본체가 바로 진리이므로 따라서 진리는 과거도 없고, 현재도 없고, 미래도 없이 언제나 그대로 있다. 또한 그대로 머문 자체로 무쌍하지만 어디에 조금도 치우침이 없는 중도를 벗어나지 않는다. 이와 같이 붓다의 '중도(中道)' 역시 마찬가지여서 이론과 실천이라는 두 가지 측면의 중도가 하나의 사상을 형성하고 있다. 시문학을 통해서 이 과정을 읊어내지는 못했지만 붓다의 이 중도의 바탕속에는 사성제(四聖諦)가 천명되어 있으며 팔정도(八正道)와 12연기(緣起)가 철학체계를 갖추고 있다.

그러므로 철학체계의 연기가 설하는 인간의 마음은 크게 쓸 때는 우주도 포괄하지만 작게 쓸 때는 바늘구멍도 용납하지 못하는 어리석음이 있다. 가장 큰 문제는 이 어리석음에 달려 있다. 바로 어리석기 때문에 오욕을 탐내고 뜻대로 되지 않으면 화내고, 그 화는 모든 삶에 해악으로 작용하게 된다. 그리고 마침내는 자신의 몸까지 상하게 된다. 불교에서는 이를 인간의 본성이 지닌 탐진치(貪瞋痴)라 하며 삼독으로 규정하고 있다. 이 모두가 물질이 만연하여 생긴 정신적인 병고인 셈이다. 결국 삼독오욕은 인류의 모든 병을 만드는 무서운 인자가 아닐 수 없다.

이러한 우주의 모든 존재들을 부딪음에서는 불성(佛性)으로 일관하여 본다. 특히 이 시집의 특질은 불자의 입장에서 보게 된 불성 아님이 없는 만유의 불토(佛土)위에서 모든 작의가 이루어진 것이다. 다만 이 시집의 전체 내용은 지식에의 접근이 아니라, 수행이라는 실천의 측면에서 번뇌를 끊는 지혜와 모순된 자기반성의 사유를 초월의 길을 흠모하며, 읊은 것을 모아 엮은 시집이다. 보다 많은 독자들이 진리를 본받는 향연이 되어 그 공덕으로 사회가 더불어 밝아지고 건강해져서 모두의 마음이 삼독번뇌로부터 해방되어 진정한 정토의 유토피아가 열리기를 천만 바라면서 합장을 올린다.

2019년 10월 17일

윤산 화선재 우거에서

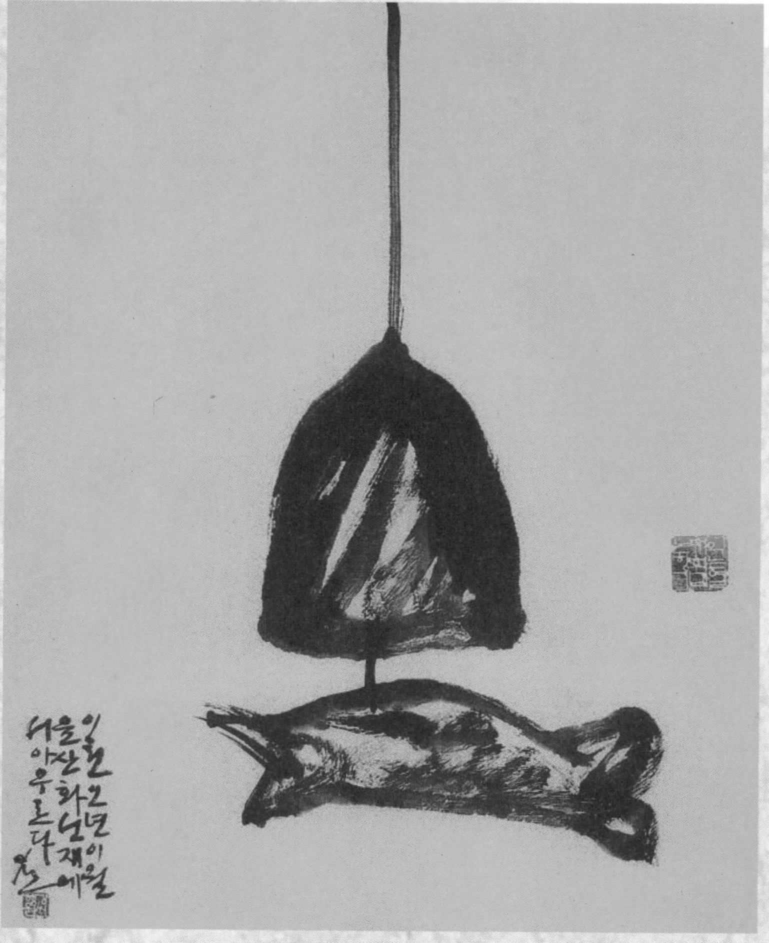

풍경소리

(부 록)

사색의 상념

1. 종교의 최종 목적은 영생을 얻는 데 있다.

우리 인류가 지구에 와서 나고 늙고 병들어 죽는 삶은 지극히 자연스러운 현상이다. 하지만 생명을 부지한다는 것은 오랜 역사를 통해 헤아릴 수 없는 온갖 고난과 끝없는 시련이 늘 상주해 왔었다. 그런데 하필 붓다께서 이 문제를 가지고 고뇌했던 것은 영원성을 찾고자 했던 인간 일대사(人間一大事)를 해결코자 하는 데 있었던 것이다. 그렇지만 생노병사(生老病死)의 이 문제를 어찌 붓다 한 분의 고뇌로만 볼 수 있겠는가. 영적인 삶과 육체적인 삶이 다르긴 하지만, 나고 늙고 아프거나 사고로 죽는 생명의 치유와 연장을 위해서 의학자들 역시 꾸준히 노력하여 왔었다.

자연 발생적으로 일어나는 모든 재해의 환경 요인과 그 속에서 상대되는 짐승들의 습격과 침략자들과의 생존경쟁의 아귀다툼 등의 고난과 시련이 삶의 본질이었을 것이다. 이러한 원시적인 토양 속에서 미래의 행복한 삶을 구현하기 위한 수단으로 거듭된 발전이 문명을 낳게 했을 것이다. 이런 시원을 통해서 이룬 문명의 과학기술은 21세기의 오늘에 이르기까지 사람이 해보고 싶었던 것은 거의 불가능이 없을 만큼 모든 꿈을 현실로 만들었다고 해도 과언이 아니다. 우주를 정복하고 또 멸망시키는 일까지 상상을 넘어선 창조능력이야말로 참으로 신통스럽지 않을 수 없다.

더불어 이룬 물질적 번영은 끝을 알 수 없는 풍요로운 오늘을 만나고 있다. 이러한 실현은 인간의 마음속에 필요하다고 생각한 꿈꾸던 것들 모두가 욕망으로 빚어진 것들이다. 이와 같이 우리 인간은 마음만 먹으면 무엇이든지 다 할 수 있다. 인간의 개인적인 존재는 나약하지만 그 존재가 지니고 있는 공동의 마음보다 더 무서운 것은 없다고 여겨진다. 그러므로 인간의 마음을 어떻게 쓰느냐에 따라서 현실적인 삶의 호불호가 결정되며 그 영향은 사후에도 이어진다.

인간의 욕망은 끝이 없어서 바다는 메워도 사람의 욕심을 채우지 못한다는 속언이 있다. 사람이 해보고 싶었던 모든 것을 향해 성취능력을 발휘할 수 있을지라도 끝없는 욕망의 마음을 다 채울 수 없는 것이 고해의 번뇌이다. 불가에서 말하는 구생기(俱生起)번뇌[45], 우리의 삶과 더불어 묻어있는 근본적인 욕망으로 묻어난 온갖 잡생각들이다. 그리고 더하여 삶을 통하여 학습된 사고에 의한 자기 가치관으로 세상의 모든 것들을 재단하여 시비 분별하는 갖가지 생각들이 모두 번뇌들이다. 영원한 행복을 만날 수 없는 이유가 바로 이 무서운 때문은 욕망으로 꽉 차있는 번뇌의 창고, 즉 망념들 때문이다.

45) 구생기번뇌는 태어날 때부터 갖고 있는 선천적인 번뇌.

붓다의 가르침은 이 무서운 끝없는 욕망의 번뇌를 쉬게 할 마음수행의 길을 고집멸도(苦集滅道)의 사체(四諦)법을 열어 기초하고 있다. 욕망에 집착하는 고통을 쉬게 하는 이 길을 통해 정진을 거듭하면 행복덩어리인 지혜와 덕이 매우 뛰어난 모든 인류가 우러러 본받을 거룩한 성자(聖者)가 된다고 하였다. 하물며 우주도 인간의 마음 작용이 빚은 공업력(共業力)으로 이루어진 것이니, 마음 씀씀이에 따라 빈부귀천, 행불행, 범부와 성자 극락과 지옥도 모두 만들게 된다는 것이다. 그리고 인간의 본성은 불성자체이기 때문에 마침내는 몇 만생을 거쳐서라도 부처가 된다고 한다. 수만생을 고해에서 헤매는 것보다 당장에 부처가 되겠다는 간절한 마음을 내고 일상 일행삼매에 들면 업의 경중에 따라 빠르고 느린 차이는 있지만 누구라도 다 부처를 이루게 된다는 것이다.

사람으로 태어나기가 맹구우목(盲龜遇木)[46]에 비유될 만큼 어렵다는데, 또한 여기에 영생을 얻는 일은 오직 어렵겠는가마는 일단 사람 몸을 받았으니, 영생을 얻는 인격 완성을 이루는 부처되는 일에 한번 도전해 볼만한 일이 아닐까.

---

46) 맹구우목은 잡아함경 15권에 나오는 붓다께서 베살리의 중각강당에서 아난다에게 "눈먼 거북이를 비유한 교설이다.그 거북이는 백 년에 한 번씩 물 위로 머리를 내놓았는데 그때 바다 한가운데 떠다니는 구멍 뚫린 나무판자를 만나면 잠시 거기에 목을 넣고 쉰다. 그러나 판자를 만나지 못하면 그냥 물속으로 들어가야 한다. 그런데 이때 눈먼 거북이가 과연 나무판자를 만날 수 있겠느냐?"는 확률을 묻는 교설이다.

2. 종교 탄생과 완성

우리 인류는 21세기의 오늘에 이르도록 마음에 새기고 있는 최상의 가치는 영원한 행복을 갈망하며 평화롭게 사는 것이다. 그럼에도 불구하고 세계의 각 나라들은 전쟁무기를 다투어 만들어 내거나 비축하며 지금껏 평화를 위협하는 곳이 있다. 우리도 예외는 아니며 지구에서 유일한 분단국으로서 전쟁의 두려움 속에서 서로 대치하며 70여년을 평화를 그리워하며 살고 있다. 더욱이 지금은 분단의 이유가 되었던 상호의 이념마저 탈이데올로기화된 우리의 한반도에서 비핵화에 대한 북미협상이 진행 중에 있다.

어찌 될지는 지켜볼 일이지만, 지구상에 인류의 삶이 도래되어 서로 죽이는 전쟁이 시작된 연유는 잘 사는 삶을 영위하기 위해서라고 말하고 있다. 그것은 작게는 자신이 함께 하고 있는 가족이나 집단, 크게는 사회와 국가의 이익을 위하고 평화를 지키기 위한 근본 욕인 본능에서 만들어진 문화라는 것이다. 하지만 전쟁을 일삼고 사는 것이 잘 사는 것이며, 평화를 지키는 것이라면 모순이 아닐 수 없다. 전쟁은 개개의 삶 속에서 진행되는 모든 경쟁도 전쟁이며 자연재해를 막으려는 모든 노력도 자신들의 삶과 터를 지키기 위한 전쟁에 해당된다.

이러한 모든 전쟁으로 인하여 힘을 가진 자가 부리는 요구 조건의 모든 '갑질' 또한 인류의 평등한 가치에의 모순이다. 이러한 모순의 가치에

반하는 평등은 인류의 조직 밖에서 개개인의 마음속에만 꿈으로 담겨 있던 희망같은 것들이 문명의 지혜로부터 싹터왔다. 힘에 의한 갑질과 억압, 박해에 저항하여 죽음을 불사하면서까지 평화를 곧추세우고 평등을 자각한 시작이 종교 성향의 사상과도 부합한다. 하지만 이러한 기원이 종교로 발전했는지는 명확하게 말하기는 어렵다.

종교라는 분류 자체가 칼로 자르듯 명확한 개념이 아니기 때문이다. 그러나 분명한 것은 그와 같은 불평등한 것들을 평등하게 하려는 정신은 종교가 지향해야 할 사명과 다르지 않다는 점이다. 종교의 성립은 길게는 선사시대부터 자연에 대한 불확실한 두려움으로 인한 토테미즘(totemism), 샤머니즘(shamanism), 애니미즘(animism)의 형태가 접목되어 도덕적 규범이 만들어져 공동체를 유지하는 문화로부터 시작된다고 보는 것이 보편적인 기원설이다.

인류가 모르는 신앙이나 믿음을 설명하여 자연을 이해하고 도덕적인 규범을 정하는 데서부터 내세에 이르는 영원성을 얻는 것으로 발전해 왔을 것으로 짐작된다. 따라서 전쟁과 평화라는 모순 속에서 삶과 죽음을 뛰어 넘는 세계, 영원히 사는 세상을 꿈꾸게 하는 가르침이 만들어졌다고 본다. 모든 종교가 일시적으로 태어난 것은 아니지만, 나고 죽고 살고 죽이는 불안한 삶을 다음 세계로 이어주는 안심하고 편안한 마음을 지닐 수 있도록, 내세에 대한 철학적인 논리가 세워진 것이다.

이렇게 되기까지는 성자들의 탄생으로 더불어 영원성을 추구하는 완벽한 진리의 길이 제시되어 인지하게 된다. 신이나 초자연적인 절대자 또는 힘에 대한 믿음을 통하여 인간 생활의 고뇌를 해결하고, 삶의 궁극적인 의미를 추구하는 문화 체계가 이루어진 것이 종교의 완성이라고 본다.

종교 탄생 설화

세계 3대 종교의 탄생기

1. 종교의 탄생은 전쟁과 더불어 명상과도 무관하지 않다

지구상에 수많은 종교가 난립하고 있지만 그 중 가장 많은 사람들이 신앙하는 3대 종교는 불교, 기독교, 이슬람교를 들 수 있다. 하지만 이들 종교 모두 전쟁과 명상이 무관하지 않았다. 그래서 전쟁이 평화를 위한 모순에 앞서, 무엇보다 더 중요한 것은 여기에는 인류가 몸담고 살던 자연환경과 생활환경, 그리고 사회환경과의 불가분의 관계를 지니고 있다. 그리고 서력기원 5~6세기 전 불교 탄생을 비롯하여 서기 원년을 시작으로 한 기독교탄생과, 이로부터 5~6세기 후에 탄생한 이슬람교 역시 전쟁과 무관한 탄생은 없었던 것이다.

종교가 탄생하게 된 배경에는 성자들의 출현으로부터 종교의 완성이 성립된다. 하지만 종교의 교주가 되는 성자들이 탄생한 배경, 그 환경은 서로 달라도 공통점은 명상을 통해서 정각(正覺)에 이르거나 신의 계시를 받은 것으로 나타나고 있다. 그러나 깨달음이나 계시라는 어언은 종교색채에 따라서 표현 방법의 차이일 뿐이라고 여기고 싶다. 이것은 비단 3대 종교에만 해당하는 것이 아니기 때문이다. 동북아의 중원에서도 유교나 도교에도 같은 명상법이 사용되었으며 역사와 언어적으로만 다를 뿐이다. 명상이 전체적으로 발전한 핵심내용들을 나열해 보고자 한다.

불교에서의 명상 어원은 범어로 드하나(dhyana)의 음역인 선나(禪那)의 '나'를 생략하고, 중국어 '좌'를 더하여 좌선(坐禪)이 된 것이다. 좌선은 인도의 모든 종교가 수행 방법으로 사용한 것인데, 이를 실천 방법으로 체계화한 불교는 삼매(三昧(samadhI)=모든 번뇌를 끊고 삼매에 들어 인격완성인 성불(成佛)을 목적으로 함), 유교에서는 태식(太息=크게 쉰다는 뜻), 도교에서는 정려(靜慮=고요하게 진인(眞人)을 생각하여 도(道)와 하나가 되게 함), [47]기독교에서는 명상(冥想=묵상이란 의미와 상통함), [48]이슬람교는 염신(念神=이슬람 언어로는 '수피즘' 알라신과 합일을 성취하고자 함), 하지만 명상에 관한 모든 문제들은 앞에서 시작했던 문화적인 영향을 받아 자기방식으로 공유한 것임을 알 수 있다.

또한 그것은 세계적으로 성자의 반열에 오른 소크라테스나 그 외 철학자들도 각기 자신의 방법으로 명상을 통해 인격 완성을 꽤했던 수행이나 기도 방법이었다. 이와 같은 명상을 두고 인류 문화 사상사에서의 사전적 의미로는 지구상에서는 이보다 위대한 발상은 아직 없다고 밝히고 있다.

명상의 중요성은 아무리 강조해도 지나치지 않을 만큼 미래사회의

47) 분별적 지식이나 욕망을 덜어 내어 하나의 근원으로 복귀하는 것을 노자는 "허기심(虛基心)"이라고 하였으며, 장자는 분별적 자기를 내세우지 않는다는 의미에서 "망아(忘我)" 또는 "상아(喪我)"라고도 하였다. 또한 현재도 단학이란 이름으로 수련원을 운영하며 명상에 대한 기 철학의 논리를 펴고 있다.

48) 여호수아서를 보면 '명상'(meditate)과도 같은 의미의 묵상에 대한 기록이 있다. "이 율법책을 네 입에서 떠나지 말게 하며 주야로 그것을 '묵상'(meditate)하여 그 안에 기록된 대로 다 지켜 행하라 그리하면 네 길이 평탄하게 될 것이며 네가 형통하리라."(여호수아1:8)

필수 불가결한 사람다움을 결정짓는 행위가 될 것이라고 한다. 그것은 4차 산업의 도래로부터 그 끝이 어디일지를 모를 무한 발전 속에는 생물학적인 복제뿐만 아니라, 사람을 능가하는 알파고 같은 진화된 전자 인간이 출현하게 되면 인간이 가질 수 있는 진정한 가치는 명상뿐이라는 것이다.

명상을 통해서 행복을 구현하고, 명상을 통해서 영원성을 얻는 행위는 생리적으로 사람말고는 아직 없을 것이라고 여기기 때문이다. 사람이 추구하는 가장 큰 가치는 어떻게 하면 행복할 것인가에 대한 모든 답이 유토피아를 상징하는 이상향을 꿈꾸어 왔던 것이다. 그 이상향을 구하는 방법이 명상을 통하지 않고는 실현하기가 어렵다는 뜻이다. 물론 사람마다 행복을 찾는 방법이 자신의 눈높이에 맞는 가치관에 따라 다르겠지만, 명상은 빈부귀천 지식의 고하를 막론하고 누구에게나 다 열려있는 무형의 자산이다. 미래 세계는 명상의 이 자산을 잘 이용한 사람에게는 별도의 네트워크가 필요 없이 자신이 직접 삼라만상과 하나가 되어 소통할 수 있는 행복에의 마음지평이 훤히 열리게 된다는 것이다.

행복을 추구하는 지금의 모습은 전자 시대를 만나 지구가 하나의 네트워크로 묶여 실시간으로 모든 정보가 소통되고 공유되어 있어서인지 모든 신비감이 사라져 버린 시대에 살고 있다. 이런 신통한 시대 흐름에 따라 세계적으로 현재 인구의 반이 넘는 종교 인구가 갈수록 감소 추세를 보이고 있다는 것이다. 그것은 세계적인 젊은이들에게 가장 큰 행복한 정신문화를 심어주는, 종교가 해왔던 교화 대신 글로벌한 마인드로 우리나라에서 출현한 방탄소년단이 세계 무대에서 끼치는 영향만 보더라도 짐작할 수 있다. 이처럼 이 시대는 영원성을 추구하는 성자들의 가르침을 따르거나 신앙하는 것보다 행복 추구라는 가치관이 내일보다는 오늘을 더 자족하는 쪽으로 바뀌고 있다.

이러한 모든 물음에 대한 대답을 인간 정신이 지향하는 최고의 가치인 종교가 하는 것이 아니라 구글이나 네이버같은 인터넷망이 전지전능한 위대한 하나님 역할을 대신하고 있다. 그리고 사람들은 남녀노소를 막론하고 언제든지 무슨 정보라도 소통할 수 있는 스마트한 하나님을 한 분씩 지니고 사는 시대이다. 그러므로 부사의(不思議)한 비밀의 베일을 벗어버린 현실을 부정할 수 없게 된 것이다. 그래서 더욱 종교 탄생에 관련한 기록들은 상상을 초월한 신화적인 것들에 대한 문헌들이 많지만, 좀 더 냉정하고 신중하게 분석하여 가장 간략한 내용으로 조명하고자 한다. 역사 순으로 기원전 5~600여 년 전에 탄생했던 불교를 먼저 살펴보고자 한다.

2. 불교탄생

불교는 교주인 붓다가 북인도의 카필라국 왕자로 태어났던 기원전 5~6세기경에 있었던 그 때에도 부족 국가들의 전쟁은 당연히 멈춘 적이 없는 시대였다. 붓다 당시의 사회 상황은 정치적으로 격변기였으며, 기존의 부족 국가들이 서로 통합하여 강력한 국가체계를 이루고 있었던 때이다. 군소 부족 국가들이 거론된 초기경전 문헌에 16개 나라들의 이름이 나오는데 생략한다. 이외에도 공화제나 전제 군주 국가를 이루고 있는 수많은 나라들이 존립하던 인더스와 힌두 문화는 참으로 방대했으며, 이미 종교적으로도 바라문교의 문화는 서력기원전 10~5세기경에 꽃을 피우고 있었다.

붓다의 탄생은 히말라야 산맥 기슭인 오늘날의 네팔에 속한 당시의 카필라국 숫도다나 왕과 그의 왕비 콜리야족 출신인 마야부인 사이에서 태어났다. 당시 숫도다나 왕은 40이 넘도록 후사가 없었다. 그는 이웃나라인 코살라국과 좋지 않는 관계로 그 대책을 위해 대를 이을 훌륭한 태자가 태어나기를 바라던 차였다. 때마침 마야(Maya)부인께서 뿔이 여섯 달린 코끼리 태몽을 꾸고 태자를 잉태하여 산달이 되자 출산을 위해 친정인 데바다하(Devadaha), 천비성으로 가던 도중, 룸비니 동산에서 태자를 낳았다. 태자가 왕궁에 귀가했을 때 현자들이 찾아와 알현하고 32호상

80종호[49]를 알아차린 그들은 장차 위대한 성자가 되거나 전륜성왕이 될 것이라고 예언했다.

부왕(父王)은 기뻐서 싯다르타(Siddhartha)라는 모든 것을 성취한다는 뜻의 이름을 지어 주었다. 하지만 태자가 탄생한 뒤 일주일 만에 산후조리가 잘못되었던 것인지 마야 왕비는 세상을 떠났다. 그 후 태자는 그의 이모인 마하파자파티(Mahapajapati)에 의해 양육되었다. 그녀는 언니인 마야 왕비의 뒤를 이어 숫도다나 왕의 부인이 되어 나중에 난다(Nanda)라는 왕자를 낳았다. 싯다르타는 강력한 군주가 되기를 원했던 부왕의 뜻에 따라 일찍부터 스승을 맞아 학문을 읽히고, 모든 기예와 무(武)를 배워 비범한 재간을 보였으며 감수성이 예민하였다. 12세 때 아버지 정반왕은 싯다르타와 왕족들을 데리고 농사일을 시찰갔을 때 농사짓는 일을 보고 모든 사람들이 자신처럼 안락하고 행복한 것이 아님을 알게 되었다.

또한 농부가 일구어 놓은 땅 속에서 벌레가 나오면 새들이 날아와서 쪼아 먹거나 물고 날아가는 것을 보고 생물들끼리도 서로 해치는 것을 마음 아파했다. 싯다르타는 천성적으로 선정(명상)에 들기를 좋아했다. 중아함경 29권의 유연경에 초선을 성취하였음을 밝히고 있다. 더하여 세속적으로나 물질적으로 무엇 하나 부족한 점이 없이 봄, 여름, 겨

49) 부처는 인간과는 다른 형상을 하고 있다는 믿음에서 성립된 것으로 부처님을 조각상으로 나타낼 때 적용되는 부처님만의 형상을 작게는 32가지, 크게는 80가지의 특징으로 나타낸 뜻이다.

울 3계절에 어울리는 세 가지 종류의 궁전인 삼시전(三時殿)을 지어 모든 향락이 제공되었고, 유복하고 호화로운 삶이 있었음도 자신의 회상으로 밝히고 있다. 붓다는 궁정의 세속적 삶에 만족하지 않았다. 이러한 이유로 부왕께서는 걱정이 되어 16~19세 경에 야소다라(Yasodhara)와 결혼을 시켜 나흘라(Rahula)라는 장애라는 뜻의 아들을 출가 전에 낳았다.

젊은 날의 붓다는 이 생로병사(生老病死)에 대해 깊이 고뇌하였으며 결국 그는 29세에 왕좌를 포기하고 출가를 결행하게 된다. 이를 초기 경전인 대본경(大本經에 '사문유관(四門遊觀)')으로 설(說)하고 있다. 어느 날 싯다르타가 곱게 꾸민 수레를 타고 성 밖의 동산을 노닐다가 허리가 굽어서 지팡이를 짚고 가는 노파, 병들어 신음하는 사람, 죽은 사람이 수레에 실려 나가는 것을 자신의 두 눈으로 본 사실을 때 마침 출가자인 사문(沙門)에게 확인하게 된다. 그리고는 자신이 향락에 젖어 살아온 삶에 대하여 어둠에 갇혀 있었던 우울한 생각에서 벗어나지 못했다. 싯다르타는 출가 사문이 되기 전에 이미 4선정을 성취했다는 기록이 경전에 전하고 있다.

출가 이후 당시 인도사회는 바라문교가 꽃을 피우고 있을 때였다. 해서 6년 고행의 금욕 기간에 바라문승들로 하여금 많은 스승을 거쳐 죽을 고비에 이르도록 고행을 했음에도 대답을 얻지 못했다. 마지막으로 출가 전의 4선정을 성취했던 좌선을 재 결심하고 49일 동안 보디가야의 보리수 밑에 앉아서 삼매를 통해 비로소 고집멸도(苦集滅道)[50]의 사성제를 깨달아 스스로 붓다가 되었다. 북인도의 네팔에 이르는 변방의 사위성에서 태어났지만, 출가하여 중인도 갠지스강 남쪽의 마가다(Magadha)국으로 건너가서, 그곳을 중심으로 한 여러 지방에서 수행을 하여 35세가 되던 해, 마침내 대각을 성취하였다.

붓다께서는 인도 전역에 교화가 한창일 때 위대한 성자로 추앙받던 중에, 이웃나라 코살라국의 유리왕이 붓다의 조국인 카필라국을 침략하여, 붓다의 종족(샤카족) 수십만을 살상하여 멸망시킨 것이다. 붓다께서는 두 눈을 뻔히 뜨고 그것을 보았다. 하지만 윤회와 업의 사상도 그 시대에 일반화 되었는데, 과거세의 피할 수 없는 정업으로 보고 다시는 되풀이 하지 말기를 바라는 용서와 더불어 평화를 간절히 서원했다. 불교는 정치, 경제, 사회 그리고 종교문화 등 인간 생활의 여러 면에서 재래의 전통이 의심되었던, 격동의 시대에 태어난 신흥 종교의 하나로서 영원한 행복과 평화라는 새로운 가치관을 제시하였던 것이다.

불교 탄생으로 하여금 당시 인도의 사성계급[51]제도를 두고 모든 인류가 평등하다는 가르침을 폈으며, 유독 남녀의 차별이 심했던 점도 평정시켜 여성도 똑같은 사문이 되어 교단의 수행자가 되도록 허락하였

50) 불교의 근본 원리인 사제(四諦)의 첫 글자를 따서 이르는 말. '苦'는 생로병사의 괴로움, '集'은 '고'의 원인이 되는 번뇌의 모임, '滅'은 번뇌를 없앤 깨달음의 경계, '道'는 그 깨달음의 경계에 도달한 수행을 이른다.

51) 인도의 사성계급은 caste제도를 말함. 세습적 계급 제도. 승려 계급인 브라만, 귀족과 무사계급인 크샤트리아, 평민인 바이샤, 노예인 수드라의 네 계급을 기원으로 현재는 2,500종 이상의 카스트와 부카스트로 나뉜다. 계급에 따라 결혼, 직업, 식사 따위의 일상생활에 엄중한 규제가 있다.

다. 자신의 어린 시절을 양육한 이모 마하파자파티가 최초의 출가자가 되고, 붓다의 출가 전 부인이었던 야소다라 역시 사문이 되어 붓다의 제자가 되기도 하였다. 인류의 수많은 종교들이 인간 이외의 어떤 절대자에 귀의하여 믿음을 요구하지만, 붓다는 인간을 비롯한 우주 만유의 존재원리를 깨달아 영생 안온한 니르바나(Nirvāṇa)의 길을 열어 놓았다.

다시 말하면 인류가 명상을 통해서 영원성을 구원할 수 있는 완전한 대각 성취를 위한 정통한 이정표를 제시한 것이다. 45년 동안 공헌한 교리의 입장은 해탈 과정의 체계적인 선정을 통해 불과(佛果)를 성취할 수 있는 방법보다 더 우월한 제시는 아직까지 지구상에서는 없었다. 붓다는 80세를 일기로 쿠시나가라(Kushinagara)에서 제자들에게 그의 최후의 설법을 통해 "너희에게 간곡히 말한다. 모든 형성된 것들은 무너지기 마련이다. 부지런히 정진하라"라는 법등명 자등명[52]의 유훈을 남기고 사라쌍수 아래서 열반에 들었다.

불멸 이후 교단의 사부대중은 인연법에 맡겨 수행을 강제하지 않고 자신들을 관용했다는 점이 큰 단점이다. 이는 붓다의 유훈을 따르지 않고 부지런히 정진하지 않았다는 뜻이다. 특히 수행에 있어서는 자신에 대한 엄격한 채찍이 현대의 교도들에게도 요구된다.

---

52) 고타마 붓다가 반열반에 든 후 그의 제자들은 스승의 인격에 의지하지 말고 스스로의 노력에 의지하라는 자등명(自燈明: 자신을 등불로 삼으라)과 남겨진 가르침(법)에 의지하라는 법등명(法燈明: 법을 등불로 삼으라)의 유훈에 따라 고타마 붓다가 남긴 교법을 결집하여 경장과 율장을 편찬하였다.

3. 예수교 탄생

그리스도의 교주 예수가 태어난 곳은 예루살렘(Jerusalem) 서남쪽에 있는 베들레헴(Bethlehem)의 산악지대인 동굴이 벌집처럼 많은 석회암 언덕의 비탈에 위치한 조그마한 마을의 여느 집 마구간이다. 태어난 시기는 염소들이 마구간 밖에서 한가하게 놀거나 풀을 뜯고 있던 때이니 서력 기원 1세기 원년의 5월경으로 추정된다. 일설에는 기원전 4~5년경으로 거슬러 올라간 탄생설도 있으며, 어떤 학자는 탄생일이 5월 17일이라고 밝힌 이도 있다. 12월 25일은 동양력과는 무관하게 서력의 태양절에 해당하는 날이다. 예수교 역시 동양에 뿌리를 두고 있기 때문에 그의 부활절은 동양력인 음력으로 기념일을 맞고 있다.

예수는 지금의 중동지역인 이스라엘 동북부 갈릴리 산간의 나사렛(Nazareth)에서 자랐으며 5남2녀의 7남매 중 장남이었다. 그는 찢어지게 가난했고 몸이 무척 쇠약했으나 목수 일을 배우며 어려운 삶을 살았다. 12세 때 예루살렘 성전에서 랍비(Rabbi)들과 만나서 대화를 나눈 이후 기록이 없는데 활동을 재개하기까지 18년은 미스터리다. 그가 활동하던 시기는 30세를 즈음하여 요한의 세례를 받고부터이다. 하지만 요한과는 이종 간으로 예수보다 6개월 빠른 예수의 형이었다. 요한은 구약성서를 가지고 나라를 구하는 마지막 복음을 외쳤으며, 예수는 신약성서로서의 새로운 복음을 통해 여호와의 나라를 세우고자 전교했던 점이 다르다.

이스라엘은 2대 통치자 다윗왕 이후 통일된 조국을 유지하지 못한 채 그리스 치하를 거쳐 로마 치하에 있었다. 쓰라린 외세 통치의 비통한 역사 종말을 고하고 새 왕국을 건설해 줄 메시아가 올 것이라고 기대하는 민중들의 꿈은 로마로부터의 독립이 모든 신앙과 민족적 열망의 전부였다. 더욱이 로마 세력을 배경한 부유층의 위세에 짓눌린 소시민들은 온갖 생활고와 병마에 시달리고 있었으며 이로부터 반란이 끊이지 않던 전운이 감돌던 때였다. 예수의 본격 활동은 요한과 결별한 이후 요단강 서쪽의 높은 산에 들어가 40일간 금식 중에 명상을 통해 얻은 신의 계시를 악마가 유혹하는 시험을 물리치고 부터이다.

갈릴리 호반 지역의 가버나움을 중심으로 처음엔 병마에 시달린 환자들을 치료하며 복음 사업을 펼치게 된다. 이 지역을 선택한 이유는 예루살렘은 정치와 종교의 중심지여서 반란 전운이 심했으며, 특히 사마리아 갈릴리 사람들은 유다와 예루살렘을 들어갈 수조차 없었기 때문이다. 비교적 조용한 갈릴리 지역에 신의 복음나라를 세우고자 비밀리에 준비해 나갔다. 그러나 결국 비밀이 세어나가 민중이 기대하던 메시아로 인정되어 종교적 불경죄인 마법에 해당하는 내란죄로 십자가에 못박혀 처형된다. 복음서마다 예수가 처형된 날과 십자가에서 한 말에서 차이가 있다.

하지만 예수는 이런 날이 올 것을 알고 자신이 스스로 메시아임을 밝히고 겟세마네 동산에서의 기도를 마친 후 성전의 경비병들에게 체포되어 유대인들의 자치적 종교기구인 산헤드린 의회에서 심문을 받게 된다. 유다는 대제사장에게 예수의 신변을 넘겼고 그 대가로 은화 30전을 받았다. 그리고 최후의 만찬이 끝난 이후 유다는 로마군 병력들과 같이 예수의 앞에 나타났다. 유다와 같이 예수에게 찾아온 로마군 병력들은 예수를 체포하여 본디오 빌라도(Pontior Pilatos)에게 압송했다. 빌라도는 요한이 낙타털을 목에 두르고 치장한 외모에 비해, 예수를 너무 왜소한 떠버리로 보았기에 예수께서 메시아가 아님을 부인했다면, 요한 한사람만을 처형한 것으로 끝을 맺으려 했다.

그러나 당시 유대교 지도자들은 예수에게 십자가형을 언도하라고 빌라도에게 압박을 가했다. 그때 빌라도는 할 수 없이 예수와 당시 유대인으로 구성된 반로마 반란군 지도자인 '바라바'를 놓고, 관정 앞에 모여 있던 모든 유대인들의 면전에서 둘 중에 누구를 석방할 것인지를 물었다. 빌라도는 바라바의 악명이 높았던 점을 이용하여 예수에게 십자가형을 모면하게 해주고 싶었으나 유대인들은 바라바를 석방시키라는 것이었다. 결국 빌라도는 바라바를 석방시키고 예수에게 십자가형을 선고했다. 역사적으로는 예수가 로마 제국과 종교 권력의 결탁에 의해 위험인물로 여겨져 유태교도들로부터 큰 반감을 일으킨 것이다.

결국은 로마 총독 빌라도에게 채찍의 고난을 받았으며, 십자가형 집

행장소인 골고다 언덕까지 십자가를 짊어지고 가야 했다. 예수는 십자가를 짊어지고 가는 도중 형을 집행하는 로마군들에게 채찍으로 40대 이상을 맞아 중간에 쓰러졌다. 그래서 카르타고(Cartago)[53] 출신의 '시몬'이 예수를 대신해서 십자가를 짊어지고 갔다. 매를 많이 맞은 예수는 몸을 가누기 어려운 상태에서 십자가형을 받으면서 신에게 저들의 죄를 용서하라는 기도와 함께 고통 받는 민중을 대신해서 십자가에서 생을 마감했다.

이러한 수난에서 십자가형으로 인한 예수의 고통과 죽음은 신학적으로는 구원론과 속죄와 더불어 그리스도론의 중대한 면모를 보여준다. 예수 역시 전운이 감돌던 불확실한 미래에 대한 고통받는 민중들의 안식을 신의 복음으로 내세를 약속한 안내자였다. 결국 기독교는 구약을 중심으로 한 유대교의 새로운 한 분파로써 시작했기에 이스라엘을 통치했던 로마는 새로운 메시아 예수 그리스도를 처형했다. 그러나 결국은 예수의 복음을 받아 들여 그 대리자로서 로마교가 다시 시작되어 정교일치의 교황 통치가 전개되었다.

그러나 정교일치가 낳은 예수가 간 지 천년의 뒷날 11세기에서 시작된 종교 전쟁은 교주의 가르침과는 다른 정교주의의 믿음과 통치를 위한 권위의 이몽(異夢)이 아닌가 싶다.

---

53) 고대 페니키아인이 북아프리카의 튀니지에 세운 식민도시. 기원전 6세기에서 지중해의 무역을 장악하여 번영하였으나, 포에니 전쟁에서 패하여 로마의 속주(屬州)가 되었다.

4. 마호메트교 탄생

이슬람교 역시 그리스도와 뿌리가 같은 유일신을 믿는 5세기 이후에 시작된 사촌쯤 되는 종교이다. 이슬람교의 교주 탄생은 서기 570년이다. 당시 메카를 움직이는 쿠라이시 부족으로 아랍인들 중 명문인 하심가의 집안에서 아버지 '압둘라(Abdullah)'와 어머니 '아미나(Amina)' 사이에서 유복자로 태어났다. 그의 할아버지는 갓난애를 카바 신전에 데리고 가서 예를 올리고 무함마드(Muhammad)라는 이름을 지어주었다. 그는 6살이 되던 해 어머니마저 잃고 고아가 되었다. 할아버지 보호를 받고 자라다가 할아버지가 또 돌아가시자 숙부 밑에서 자랐다.

무함마드는 숙부 밑에서 목동이 되어 삶을 이어갔으나 가난한 살림 때문에 고민하는 숙부의 청으로 당시 부유한 상인이면서 두 낭군을 거친 미망인이었던 카디자(Khadija)의 일꾼으로 고용된다. 그는 목동 시절에도 인품이 훌륭했다는 평이 자자했지만 장사꾼의 인품도 그렇듯 정직한 성품 때문에 고용인 카디자가 혼인을 청하게 된다. 미망인 카디자는 40세였고 무함마드는 25세로 15년 연상의 여인이었다. 무함마드는 알라신의 계시를 받기 전 15년간 2남 4녀를 낳고 사는 동안 두 아들을 잃은 아픔이 있지만 매우 풍족한 생활을 하고 살았다. 하지만 40세가 된 그는 풍족한 생활 속에서도 만족을 찾을 수 없었고, 절대 고독의 상태에서 열병을 앓게 된다.

그것은 목동 시절 낮에는 광활한 하늘과 밤에는 반짝이는 별을 보면서 깊은 사색에 빠져 영혼과 진리의 빛을 찾아 사막을 걸었던 길이 그리웠다. 가난해서 배우지는 못했으나 사막의 신비로운 고요함에 빠져 명상 세계를 접하게 된 감성이 깨어난 것이다. 그는 평소에도 가끔씩 메카 인근의 알루루(빛의 산)산 정상의 히라 동굴에 들어가 명상을 하였다. 진리에 대한 갈증으로 열병을 앓던 그는 더욱 긴 시간을 간절한 명상을 통해 신의 계시를 받고 예언자가 된다. 무함마드가 신의 계시를 받은 610년에서부터 632년 그가 세상을 떠날 때까지 들은 알라신의 음성을 기록한 것이 이슬람교의 경전인 꾸란(코란)이다. 그는 614년부터 대중전도를 시작했다.

하지만 다신교를 믿던 메카 사람들은 그를 미치광이 취급했으며 온갖 박해를 가했다. 그는 견디지 못하고 "고향에서 환영받는 선지자는 없다"는 예수의 말처럼 무함마드는 622년 7월 16일 메카를 떠나 메디나로 갔다. 이를 무함마드의 '헤지라(Hegira)'고 불리며 이 해가 이슬람력의 원년이 된다. 이러한 고난 속에서 그의 신앙심은 더욱 굳건하게 뿌리를 내렸다. 결국 이슬람 전도를 위해 '한손에는 칼, 한손에는 코란'을 들고 전투를 벌였다. 전투는 바드르 전투와 우흐드 전투가 있는데 624년 바르트 전투에서 이슬람군의 두 배가 넘는 쿠라이시 부족의 대군을 격파해 대승을 거뒀다. 하지만 우흐드 전투에서는 이슬람군이 대패하여 이슬람교

전파는 가시밭길이었다.

그런데 정작 중요한 메카의 입성은 평화로운 무혈입성이 이루어져 카바 신전의 수많은 우상들을 모두 때려 부셨다. 무함마드는 메디나에서 역경을 극복하고 정치적인 수완을 발휘하여 이슬람 공동체를 만들고 교단 국가의 기초를 세웠다. 이는 고대 아랍 사회의 전통적 기반으로 존중되어온 피의 연결인 부족 공동체가 아니라, 민족과 혈연을 뛰어 넘는 알라신을 믿는 모든 이들이 공동 예배와 공동의 생활을 하는 새로운 국가를 탄생시킬 기초를 말한다. 무함마드는 다신교를 믿었던 아랍 사람들을 유일신을 믿도록 전쟁을 통해서 평정시킨 예언자이다.

중요한 것은 흰 실과 검정 실이 구별되는 새벽이면 예배시간을 알리는 사람들이 웅성거리는 소리가 사방에서 들리기 시작한다. 달콤한 새벽잠을 자는 것보다 알라신을 경배하고, 그분의 사도 무함마드를 위해 기도하는 예배가 더욱 복이 된다고 믿는 무슬림들이 깨어난 새벽이 된다. 예배를 시작하는 아진의 인도로 인종과 민족의 울타리를 넘어선 무슬림들이 알라신의 자비와 은혜에 감사하는 새벽 예배로부터 일주일도 아닌 하루에 다섯 번씩을 예배한다는 것은 예삿일이 아니다.

타종교인들이 이러한 열성이 무엇 때문인가를 생각해 봐야 한다. 하지만 이들은 같은 무슬림의 입장에서도 수니파와 시아파로 나뉘어져 전 세계인을 대상으로 테러를 일삼고 있다. 인류의 목숨을 그렇게 가볍게 여겨도 이슬람교도들은 면죄부가 되는지? 종교로서의 진정성이 너무도 아니러니한 점이 아닐 수 없다. 이 점 때문인지는 몰라도 일부 종교학자들에 따라서는 이단종교로 분류하는 경향이 있기도 한다.

종교전쟁

1. 종교가 사람의 목숨을 빼앗는 성전은 면죄부가 되는가?

성전은 단어 그대로 성스러운 전쟁을 의미하는 종교 전쟁이다. 이에 대한 사전적인 의미는 신의 이름으로 전쟁을 치른다는 이념에 의해 행해지는 전쟁이며 종교 혁명을 일컫는 용어로도 쓰인다고 적고 있다. 성전은 이슬람에서는 특히 성스러운 의미로서의 전쟁을 말한다. 하지만 전쟁은 무슨 미사여구를 다 붙여도 사람 목숨을 살상하여 죽이는 끔직한 일이다. 이 끔찍한 일을 성스럽다니 과연 종교가 할 수 있는 진정한 이데올로기인가 의심스럽지 않을 수 없다. 그렇지만 이슬람의 무슬림들은 신의 이름으로 치르게 되는 그 이념에 의해 행해지는 전쟁을 모두 지하드라고 부른다.

지하드는 소 지하드와 대 지하드, 이 두 가지로 나뉜다. 소 지하드는 생명의 위협이나 이슬람 박해에 대항하는 등, 부정한 권력에 대항하고

자 싸우는 것을 의미한다. 대 지하드엔 선행과 신앙인으로서의 의무 이행이 있고, 자기 자신과의 싸움으로, 금주나 금연처럼 인내를 가하는 것도 있다. 한 마디로, 대 지하드는 정신적 수행을 뜻한다. 그러나 IS 등 극단주의 단체가 테러를 저질러 이슬람 성전의 본래 의미가 왜곡되기도 한다는 것은 자신들도 알고 있다. 성전(聖戰)이 지하드인 의미는 무함마드가 메카에서 박해에 부딪쳐 헤지라 불리는 이슬람 원년에 메디나로 이주한 무함마드와 그 추종자들은 매우 가난했다.

그러나 메디나에 거주하던 유태인 3부족으로부터 도움을 받으며 정착하게 된다. 하지만 얼마 뒤 무함마드가 알라신의 사도라는 주장에 크게 반발하고 나선 유태인들과의 사이가 극도로 나빠졌다. 그 뒤 메카에서 다마스쿠스로 떠나는 대상들을 공격해 약탈하는 형태로 부를 쌓으며 세력을 키웠다. 위협을 느낀 3부족은 무함마드에 대항하려다 패하고 추방되거나 모두 죽임을 당하게 된다. 이것은 흔히 이슬람 최초의 지하드로 해석된다. 앞의 이러한 설명과 같이 이슬람적인 지하드는 자신의 내적 정화와 투쟁을 위한 개인적인 신앙차원의 노력이라고 한다.

또한 이슬람 공동체인 움마[54]를 적으로부터 지키고 발전시켜 확장하기 위한 모든 수단과 방법이라는 두 가지 영역을 의미한다. 전자가 내면적이고 평화적인 성격을 띠고 있는 것과는 달리 후자는 외향적이고 전

54) 움마란? 이슬람문화의 가족 종교공동체를 말한다. 그러나 움마는 메디나에서 무함마드에 의해 종교적인 군사, 정치 공동체로 전향되었다.

투적인 성격을 지니고 있다. 후자의 전투적인 성격은 이슬람 세계의 확장과 함께 이슬람과 적대시할 수 밖에 없었던 세력에 의해 확대 과장되어 있다는 것이다. 마치 그것이 지하드의 전부인양 오인되기 시작하였고 서구식의 성전으로 오해되고 그렇게 의역된 것이 한자 문명권에까지 영향을 주게 되었다고 옹호론자들은 주장하고 있다.

지하드는 이슬람식 분투이고 실질적으로 지하드 본래 개념에서부터 오늘날 무슬림들이 사용하는 개념까지 너무 다양하므로, 어떤 의도에서 지하드 개념을 사용하였는지를 잘 파악해야 한다. 적어도 종래의 지하드 자체를 아무데서나 성전으로 번역하는 것은 오역(내지는 편파적인 번역)일 수밖에 없는데 집단적인 공헌 차원의 분투는 으레 전쟁의 방법으로 진행되었다. 코란의 메디나 계시는 전쟁에 대해 많은 언급을 하는데 칼의 구절이라 불리는 전쟁을 독려하는 구절이 코란에는 109절이 등장한다. * 코란의 구절은 위키백과사전에 근거한 내용임.

2. 십자군전쟁의 원정이란?

십자군 전쟁은 11세기 말 유럽에서 일어나 약 200여 년간 지속되었던 기독교와 이슬람이 성지 탈환이라는 명분으로 시작한 전쟁이다. 전쟁을 하게 된 이유는 11세기에 이슬람 세계의 주인공이 된 셀주크 투르크는 예루살렘에 순례하는 사람들을 박해하고 소아시아에 진출하여 비잔틴 제국을 압박했다는 데서 비롯된다. 이 때문에 황제 알렉시오스 1세는 용병 모집을 로마 교황에게 의뢰하였다. 교황 우르바누스 2세(우르반 2세)는 그리스 정교(政教)를 지배하고 전 유럽에 군림하는 절호의 기회로 삼아 십자군(Crusades)이란 형식으로 진군할 것을 응낙했다.

이 교황은 성지 예루살렘을 회복하고 이를 포함하는 제국을 확립하며 정치적·도덕적인 퇴폐로부터 그리스도교를 구제하는 것이 그리스도교도의 의무이며, 가톨릭 교회의 이상이라고 생각했던 것이다. 이러한 응낙 자체가 십자군은 유럽이 종교적·정치적으로 전쟁의 발효(發酵)상태라는 것을 의미하며, 그리스도교적인 세계 정복이 개시되었음을 알리는 징집을 위한 사실상의 선포였다. 이들이 종교적 정열을 품고 있었음은 확실했던 것 같다. 하지만 참가자들의 마음은 자신들이 노리고 있는 계산은 각기 달랐다. 참가자에 따라 영주(領主)는 영토와 전리품을 노렸고, 상인은 동지중해의 상권을 획득하고자 했으며, 농민은 영주의 압박으로부터 벗어나려는 마음 계산으로 참가했던 것이다.

하지만 오랜 세월 동안 계속되었던 전쟁은 참가자들의 심산에 따라 종교적 목적을 상실한 채 사리사욕을 채우고 이기심과 탐욕이 지배하는 전쟁으로 바뀌고 말았다. 수많은 힘없는 노약자와 여자 그리고 아이들이 무참하게 죽어갔다. 서로 뺏고 뺏기는 얼룩진 역사가 만들어지는 생지옥의 참상, 이것이 십자군을 앞세운 성전이라는 미명 아래 종교의 탈을 쓰고 인간의 사악한 최후의 막장을 보인 것이다. 설령 종교적 목적이 상실되지 않는 전쟁이었다 할지라도, 일단 전쟁은 종교적 목적이 될 수 없으며, 전쟁이 종교적인 이익을 위한 수단이거나 목적이 되어서는 안 되는 것이다. 종교인들 스스로 생각해 봐야 할 성스러운 참가치가 무엇인가를 헤아려 봐야 할 것이다.

이 같은 역사가 빚어지는 동안 절대 권력을 가졌던 교황과 교회의 권위가 추락하였다. 종교적 · 정치적인 교황의 최고 권위가 실추된 위기로 인해 새로운 근대적인 시대를 여는 결정적 계기가 마련되기도 하였다. 하지만 인류의 욕망이 만들어낸 전쟁은 제아무리 위대한 신(절대자)을 포장한 명분을 씌어도 그 속에는 헛된 권위와 정치적 야망으로 더렵혀진 아우성만 가득할 뿐, 종교의 진정한 정신 세계는 거짓으로만 존재하는 허구가 아닐 수 없다. 이 험악한 동서의 충돌은 오늘날까지 그 뿌리 깊은 흔적을 남기고 있다. 아직도 계속되고 있는 서구인과 이슬람인 사이의 오랜 전쟁의 원인이 무엇인지?

단지 침략자 입장에서 성지 탈환 목적의 실패에 대한 자존심의 앙금이 지금껏 가시지 않아서인지는 알 수 없다. 그렇지 않다면 종교의 우월성 때문인가? 아니면 산목숨을 무참히 빼앗아도 내세가 보장된 믿음의 확신인가? 종교의 탈을 쓴 성전(聖戰)은 어떠한 아비규환도 인류의 불행도 모두 신(절대자)의 용서가 되는 것인가를 독자들의 양심과 판단에 맡기고자 한다. 종교 목적의 성전이 모두 끝나서 말끔히 정리된 것이라면, 현재도 전운이 감돌고 있는 이유가 무엇인가 하는 점이다. 그 답은 중동 지방의 기름(에너지)을 넘보는 경제적인 이유말고는 전쟁을 부추길 이유가 없다. 결국 전쟁은 자국의 이익 창출에 목적이 있는 것이지, 달리 종교나 성전을 덧씌워 놓은 것이 목적일 수는 없다.

3. 8차에 걸친 십자군의 원정길

십자군 전쟁은 그리스교도들이 팔레스티나와 예루살렘의 성지 탈환이라는 이름 아래 서유럽이 행한 십자군의 원정으로 여덟 번의 전쟁이 있었다. 이 전쟁은 1차 4차 7차 전쟁을 통해서 십자군 원정의 명분과 이익을 가늠할 수 있다. 십자군 원정은 11세기의 말 1096년에 시작되어 14세기의 두 번째 해인 1302년 8차전에 십자군의 마지막 거점인 루아드섬을 이슬람인들에게 빼앗기면서 사실상 끝이 난다. 11세기에서 14세기에 걸친 참으로 긴 전쟁이었으며, 시각에 따라 다르지만 역사성에 대한 전체 햇수로는 206년 동안 피를 흘린 전쟁이다.

종교는 피의 대가가 고작 내세에 태어날 천당과 지옥 중에 있을 그 극단의 둘 중 하나를 믿고, 전쟁에 내몰린 자들의 성전의 보상값이 신앙을 담보한 지구상에서 가장 잔혹한 허구가 아닌가 싶다. 전쟁의 출병 시작은 1096년 유럽에서는 십자군 전쟁을 촉발한 은자 페트루스를 필두로

약 30만 명이 1차 진군을 서둘러서 출발하게 된다. 그러나 그들은 전투와 관련한 어떤 준비도 훈련도 되지 않은 오합지졸에 해당하는 자들이었다. 게다가 그중 20만 명은 세속적 탐욕과 교황의 사면에 힘입어 원정에 참여한 거칠고 무지한 무리들이였다.

이들의 출병이 육로를 통해 목적지인 예루살렘을 가려면 중간 기지로서는 동로마 제국의 수도 콘스탄티노플을 거쳐야만 진출이 가능했다. 이 방법을 선택하려면 오스트리아 국경으로부터 약 1,000km이상의 황량한 대지를 먼저 횡단해야 하는 어려움이 따랐다. 하지만 진군은 그 길을 강행했으며, 물자 비축도 훈련도 안 된 그들은 군수물자 조달 방법을 가장 쉬운 민간인의 약탈을 선택했다. 그들은 그대로 인근 주민들에 대한 무질서한 약탈과 학살을 무작정 감행하였다. 이 같은 무모한 짓에 대한 주민들의 저항과 반격으로 인해 그들은 같은 그리스도교 땅에서 강력한 배척을 당했다.

그곳을 진군하는 과정에서 전쟁은 고사하고 약탈만을 일삼다가 선발대로 출병한 30만 명 전원이 튀르크인(지금의 터키공화국)에게 몰살당하여 사라졌다. 전쟁 당사국도 아닌 진군 중에 일어난 엄청난 패전이었다. 동로마 제국의 입장에서는 상상조차 하지 못했던 일이기에 불안감이 가중 될 수밖에 없었을 것이다. 동로마는 이미 전성기가 지나 셀주크의 공격과 내분으로 계속 내리막길을 걷게 된 쇄약해진 처지였다. 더구나 알렉시우스 콤네누스 황제는 우르반 2세 교황에게 군사 지원을 요청한 내심은 튀르크족에게 빼앗긴 소아시아의 영토를 되찾고자 했던 속셈이 엉뚱하게 빗나간 것이다. 이미 전쟁을 시작한 종교적인 성지 탈환의 대의로 보아서는 십자군 지원을 전폭적으로 해야 함은 당연한 것이지만 선뜻 작정하지 못했다.

그것은 유럽의 거대한 군사력을 마음대로 통제할 수도 없거니와 문제는 무질서한 세력이 자신의 땅 심장부를 통과하는 것이 큰 골칫거리로 생각되었기 때문이다. 동로마 제국으로서는 이 문제를 어떻게 처리해야 할 것인가에 대한 깊은 고민에 빠질 수밖에 없었다. 더욱이 동로마의 비잔틴 제국은 당시 튀르크족에게 크게 시달리고 있었다. 때마침 제국의 입장에서는 십자군 전쟁에 몽골의 등장은 수명을 연장해주는 기회를 얻게 되었다. 운이 따랐던 것인지 어떻든 동로마 제국은 어려운 문제와 고민을 떠안은 채 결과는 라틴인의 십자군 원정으로 1099년 1차 전쟁을 통해 예루살렘을 점령하여 빼앗았다. 전쟁의 일차적인 목적은 달성한 것이며, 비잔티움의 알렉시우스 황제는 어렵사리 실속을 챙긴 셈이다.

최초로 정복한 땅 니케아를 확보했으며, 튀르크 군은 콘스탄티노플로부터 주변으로 철수했기 때문이다. 역사학자들은 동로마의 명줄을 300년 쯤 늘려 놓았다고 적고 있다. 하지만 성지탈환의 목표가 달성

되었다면 그곳을 관리하며 지키는 것이 수순이다. 그러나 2차전이 2년여에 걸쳐(1147-1149) 재개되어 무슬림 세계의 무장이자 영웅인 살라딘에 의해 십자군이 격파되고 예루살렘을 다시 탈환하였다. 또한 3차전(1138~1193)에서도 5년여에 걸쳐 살라딘은 십자군을 격퇴하여 시리아 다마스쿠스까지 세력을 확보하였다. 하지만 그는 이슬람 세계의 정치가이자 영웅으로서 관대했으며 예루살렘에 관한 기독교 권리를 일부 수용했다.

4. 문제가 된 4차 전쟁

유럽인들은 알렉시우스를 배신자일뿐만 아니라 비겁한 도망자로 취급하였다. 그것은 지원 약속도 지키지 않았으며, 전쟁에 직접 참여하지도 않고 전리품만 챙겼기 때문이다. 해서 그를 사자의 발자국을 따라다니며 남긴 것을 먹어 치우는 '자칼'에 비유하며 아주 비굴한 자로 낙인하였다.

영국의 사학자 기번(Gibbon,Edward=1737~1794)은 '로마제국의 쇠망사'에서 다음과 같이 정리하고 있다. "알렉시우스 황제는 유럽(라틴인)의 오만함과 적대 행위를 피해 그들에게 적절한 조언을 제공함으로써 예루살렘 정복의 길을 열어 주었다고 볼 수 있다. 그러나 술탄을 두려워할 필요가 없게 되자 라틴인이 제국의 위엄을 더럽히고, 안전을 위협하는 데 분노를 느꼈다. 그리고 모든 종류의 위해와 억압을 가해, 적어도 순례를 방해하기로 결심했다."라고 적고 있다.

하지만 유럽제국과 동로마제국의 내면적 갈등의 심각성에 대한 라틴인들의 분노는 도움을 청하는 자의 배신감이 컸다. 그렇지만 십자군의 제4차(1202-1204) 전쟁의 첫 목적지는 지중해를 가로질러 이집트를 공격할 예정이었으나 경비가 부족했다. 그때 베네치아가 한 가지 제안을 했다. 차라(Zara)를 얻어주는 대가로, 빚을 청산할 때까지 장기 지급유예를 약속한 것이다. 부유했던 차라는 베네치아와 동맹 관계를 끊고 헝가리의 비호를 받기로 동맹을 했다. 1202년 11월 십자군은 베네치아를 출발하여 차라 공격에 들어가자 겨우 5일을 버티다 항복했다. 그런데 문제는 차라와 동맹 관계인 헝가리가 기독교 국가였다.

십자군이 같은 기독교국을 공격한 것에 대하여 교황 인노첸시오 3세는 제4차 십자군 전체를 파문하였다. 십자군은 사절을 보내 상황을 설명하여 파문을 풀었지만, 정교분리의 원칙을 고수하는 베네치아는 아랑곳하지 않았다. 이 문제로 젊은 안겔루스는(알렉시우스 4세)는 이 사건에서 오히려 새로운 돌파구를 발견하고 십자군 총사령관에게 협약하게 된다. 그것은 안겔루스가 큰아버지 알렉시우스 3세의 폭정을 피해 신성로마제국에 망명해 있던 중이었다. 때마침 라틴인들이 알렉시우스에 대한 반감과 베네치아의 외교 관계를 이용하여 큰아버지 알렉시우스 3세에 복수를 작정한 계략이다.

내용은 "아버지 이사키우스 안겔루스의 왕위를 되찾아 주면, 십자군의 이집트 정복에 직접 동행하든가, 아니면 1년간 성지에서 봉사할 1만명의 병사와 자기가 살아 있는 동안 500명의 기사를 부양하겠다. 그리고 콘스탄티노플을 로마 가톨릭의 관할로 돌려놓겠다."는 제안이다. 특히 이 매력적인 제안은 베네치아의 전 외교관이었던 동방무역의 독점을 노리는 '엔리코 단돌로'도제(총통)의 큰 환심을 샀으며 약속을 환영했다. 하지만 이때부터 성지를 회복한다는 십자군의 대의명분인 성전(聖戰)이란 의식은 그들에게는 존재하지 않았다. 사실상 전쟁 중엔 이익보다 명분이 앞설 순 없다.

그러므로 1203년 4차 십자군 원정의 진로를 시리아에서 콘스탄티노플로 변경하게 되는 사건이 벌어졌다. 문제는 십자군이 공격해야할 성지를 보호하는 이집트로의 진군이 아니라 콘스탄티노플이 공격 대상이 된 것이다. 협약대로 1203년 6월 십자군은 콘스탄티노플 공격은 참으로 힘든 난공불락이었으나 결국은 점령을 했다. '외국인에게 제국의 수도(콘스탄티노플)는 문을 열어주지 않는다.'는 900년 자부심이 깨졌다. 알렉시오스 3세는 도망을 쳤으며, 1203년 8월 1일 장님 이사키우스를 다시 황제에 복위시켰다. 십자군 점령군은 알렉시오스의 약속을 담보하기 위해 젊은 알렉시오스 4세를 공동 황제로 앉혔다.

그러나 시민들은 복위한 이사키우스의 악덕과 조국을 배신한 알렉시우스의 가톨릭으로 개종하려는 기도를 경멸했다. 또한 십자군에게 지급하기 위한 막대한 세금 부과를 거부했으며, 황제의 압제에 저항하는 시민들의 분노가 폭발했다. 급기야 1204년 1월 25일 수도 콘스탄티노플에서 쿠테타가 일어나 안겔누스는 지하 감옥에 감금되었다가 활줄에 교살되었다. 며칠 후 눈먼 황제 이사키오스도 살해되었다. 비잔티움의 제위는 쿠데타를 일으킨 황족 알렉시오스 두카스 무르주폴로스에게 돌아갔다.

하지만 담보가 사라지자 1205년 초 콘스탄티노플을 다시 장악한 프랑스인과 베네치아인은 수도를 공격하고 학살과 파괴, 수많은 보물을 약탈하고 신성을 모독했다. 이때도 단돌로는 베네치아의 이익을 극대화하는 데 주력했으며, 십자군과 정복한 땅을 거래하여 크레타 등의 무역 기지를 얻어냈다. 선거인단을 지명하여 동로마 제국 황제로 보두앵 1세를 선출하고, 제국의 영토를 분할했다. 선출된 황제에게 1/4을 할당하고, 나머지 3/4은 베네치아 공화국과 프랑스 영주들이 똑같이 나눠 가졌다. 결국 베네치아는 비잔티움 제국의 영토를 분할하여 콘스탄티노플을 중심으로 라틴제국을 세워 약 반세기가 넘도록 존속하게 된다.

5. 십자군 전쟁의 결말

전쟁은 끝이 아니라 이후에도 유럽의 제후와 교황에 의해 십자군 원정은 지속되었다. 제5차(1217-1221)전의 십자군은 4년여에 걸쳐 또다시 움마(Ummah)[55]의 제창으로 이루어졌다. 이들 십자군은 아콘(악고Akko=이스라엘 북부 항구도시))으로부터 이집트에 원정하여 다미에타를 점령하였다. 이슬람 측은 다미에타와 시리아를 교환하자고 제안했다. 그러나 십자군은 이를 거절하고 카이로에 진격하였으나 이곳에선 패전하였다.

제6차(1228-1229)전은 비교적 짧은 기간이지만 십자군은 신성 로마 황제 프리드리히 2세에 의해 행해졌는데 이제까지와는 다른 특징을 가진다. 프리드리히는 '세례를 받은 시칠리아의 술탄'이라고 불릴 정도로 아라비아의 풍습에 매혹된 황제였다. 그는 무력이 아닌 외교 수단으로 이슬람과 10년간의 휴전 조약을 맺고 예루살렘을 장악한 스스로의 자칭 왕이 되었다. 그러나 그가 귀국한 뒤에는 시리아 주둔 십자군 병사들 사이에 내분이 격화되어 그 사이에 예루살렘을 잃었다. 하지만 6차 전쟁은 외교전으로서 두 번째 성공으로 보는 학자들도 있으나 전쟁이 지속되었다는 것은 예루살렘의 영속적 탈환이 여의치 않았다는 증거이기도 하다.

제7차전(1248-1254)은 6년여의 짧지 않는 전쟁이다. 프랑스 왕 루이 9세가 이끄는 십자군이 결성되어 우선 이집트를 정복한 후에 성지를 점

55) 즉 이슬람 문화의 가족 종교 공동체를 뜻한다. 현대 아라비아어에서는 '민족', '국가'의 뜻으로도 쓰인다. 코란에서는 처음에 알라가 인류 구제의 역사 속에서 사도(예언자)를 보내어, 알라의 말을 전하게 한 단위 집단이란 뜻으로 쓰였으나, 나중에는 오로지 '무함마드의 움마', 즉 이슬람 공동체를 가리키게 되었다. 그러나 이것이 과거의 영광과 결부된 이상(理想)으로서 무슬림(이슬람교 신도)에 호소하는 영향력은 아직도 크다.

령하려는 계획이었다. 해서 지중해 키프로스 섬에서 이집트로 건너가 다미에타를 수중에 넣어 거점으로 삼았다. 이때에도 이슬람 측은 다미에타와 예루살렘의 교환을 제안해 왔었다. 그러나 전과 같이 이를 거부하고 1250년 4월 카이로를 향해 진군했으나 만수라 전투에서 이슬람의 살라딘 2세에게 대패하였다.

후퇴 중에 전염병까지 겹쳐 전의를 상실한 곤경에 빠졌다. 그러나 십자군을 안전하게 귀국시키는 대신 자신이 이슬람의 포로가 되었다. 그리고 자신은 억류되어 있다가 몸값으로 거액의 보석금 40만 베란트를 지급하고, 이슬람에게 다미에타(Danietta)를 넘겨주는 조건으로 풀려나 귀국했다. 루이 9세는 기어코 1270년 십자군을 다시 조직한 뒤 이집트 튀니지를 향해 진격했다. 그러나 안티오키아가 이슬람군에게 함락되자 루이 9세는 최후의 십자군을 이끌고 출발했지만, 튀니지를 공격하는 데 그쳤으며, 그곳에서 병으로 사망했다. 이로서 루이 9세가 이끈 십자군은 마지막 십자군이 됐다.

그리고 제8차 1270-1291년 시리아에서는 요새가 잇따라 함락되고, 아콘마저 빼앗기자 십자군 국가와 그 모든 전쟁은 종전을 고했다. 이상의 십자군 전쟁은 1096년부터 1270년까지 200년 간 8회로 보기도 하지만 통상 7회, 그 중 1차, 4차, 7차 전쟁이 중요하게 다루어진다. 1차는 어렵사리 대의명분을 지키고 성공한 경우로, 4차는 같은 기독교 국가에 대한 약탈을 선례로 남겼다. 또한 성지 탈환을 제안했던 비잔틴 제국이 라틴제국으로 바뀌어 산토끼 잡으려다 집토끼를 잃어버린 60여 년에 이른 아픔을 겪어야 했던 과보의 선례를 남겼다. 그리고 7차는 끝까지 혼신을 다했지만 끝없는 욕망의 마지막 실패를 자신들의 신(神=절대자)도 도와주지 않았던 부끄러운 전쟁으로 의미를 부여한다.

1261년 비잔틴은 60여 년 만에 라틴인에게서 콘스탄티노플을 되찾았다. 미카엘 팔라이올로구스 황제가 개선 입성했다. 그러나 4차 십자군 전쟁의 후유증은 깊었고, 내전으로 계속 시달렸다. 십자군의 태동이 종교적 요인에 의한 것이라는 점은 명확하고 또한 유일신을 믿는 그리스도교도와 이슬람교도와의 배타적 싸움이라는 점에서 종교전쟁으로 인정된다. 하지만 신을 위해서 목숨을 바치는 이러한 피로 얼룩진 싸움을 하늘의 뜻이거나, 조물주가 작정한 계략으로 볼 수 있을 만큼 과학문명의 진화는 어수룩하지만은 않는, 사람의 욕망으로 빚어진 재앙이 아닐 수 없다.

이와 같이 십자군 전쟁이 끝나고도 그 이후에 1419년, 15세기에서 17세기까지 유럽에서 일어났던 일련의 전쟁들은 종교 문제와 관련된 9번의 전쟁이 더 있었다. 내용은 생략하지만 신교와 구교 간의 갈등으로 인한 전쟁은 영국과 스페인, 독일의 30년 전쟁이 마지막이다. 그러나 이러한 전쟁이 모두 종교적인 문제로 한정된 것만은 아니라고 여겨진다.

그것은 정치와 종교가 엉켜 정치적·영토적 야심과 분리할 수 없을 정도로 묶여 있다는 점도 없지 않다. 이들의 30년 전쟁을 끝으로 더 이상 '종교'를 내세운 전쟁의 구실은 없어지고 정치적 야망만 그대로 드러난 셈이라고 여겨진다.

11세기 이후 그리스도에서 일으킨 십자군의 원정이 8차에 걸쳐 오랜 전쟁이 있었으나 1차를 제외한 7차의 전쟁은 사실상 실패했다. 그럼에도 불구하고 그 후유증은 17세기까지 이어져 왔다.

하지만 필자의 생각은 당시 유럽사회의 자각은 정교가 분리되지는 않았지만, 십자군전쟁은 신(하나님)의 뜻이 아니라는 것은 정교 통치자들인 자신들이 먼저 절감했어야 했다. 그러나 헤아릴 수 없는 인명을 2백년 동안 전장에서 희생시켰으며 전쟁의 종식 이후에도 유럽 정교의 수뇌들은 아무런 반성도 없이 더욱 통치만을 강화했던 부끄러운 시대였다.

르네상스의 시작과 기독교의 성찰

르네상스는 유럽에서 14세기부터 16세기 사이에 문화가 부흥하게 된 시기를 뜻한 것인데 우리들은 적어도 몇 번은 르네상스라는 단어를 입에 담아 본 적이 있을 것이다. 이 시기에는 레오나르도 다빈치, 미켈란젤로, 라파엘로, 셰익스피어 같은 문화, 예술의 거장들이 활동했던 역사적인 시대이기도 하다. 여기에는 종교적인 박해를 받아가며 끝까지 저항했던 당시 코페르니쿠스, 토마스 무어, 갈릴레이 같은 과학자들이 등장하면서 철학적, 과학적인 발전이 진화되어 중세가 끝나고 근대로 이어지는 전환기가 되기도 하였다.

여기에 11세기에서 15세기를 그들이 규정했던 암흑기라는 말은 르네상스에 비해 보잘 것 없는 비하된 세기로 간주하는 것으로 보는 경우가 많다. 하지만 11세기 이후의 동양권의 아랍문화는 암흑기와는 전혀 다른 찬란한 문화였다. 세계가 공용으로 쓰고 있는 아라비아 숫자만 보더라도 짐작이 갈 것이다. 유럽이 말하는 진정한 암흑기라는 뜻은 필자 입장에서 보면 사실상 아랍문화보다 자신들이 뒤떨어져 어두웠던 점을 의미한 것으로 간주된다. 다시 말하면 자신들에 대한 몇 세기 동안을 유럽이라는 가톨릭 정교 통치의 울타리에 갇혀 다른 세계를 파악하지 못한 어둠에 대한 솔직한 고백이라고 해야 할 것이다.

또한 신앙을 정교주의로 보아 왔던 신의 뜻을 헤아리지 못한 어둠이란 의미도 유럽의 지식 사회에는 뼈아픈 자각이었다고 보아진다. 종교 권위에 의한 전쟁 후유증은 그 뒤에도 계속 될 수밖에 없었지만 그것을 극복하며 이룬 문화가 르네상스의 찬란한 서구의 대표적인 문화이다. 이러한 유럽 사회의 자각은 11세기부터 13세기까지 교회 권력이 정점에 이르게 되면서 심각한 동요와 혼란이 발생한다. 교회의 부와 권위적 자세, 성직 수도자들의 타락, 십자군 전쟁, 자의식이 강한 시민 계급의 성장, 새로운 사상의 대두 등은 기존 제도교회에 대한 반감과 함께 새로운 신심 운동으로 나타나기 시작했던 것이다.

여기에는 가톨릭의 종교 재판이 지속해 오면서 헤아릴 수 없는 엄청난 인명을 살상한 지울 수 없는 허물이 있다.[56] 그러함에도 중세 교회는 클뤼니 개혁과 그레고리오 7세의 개혁 등으로 교황의 권위와 세력이 세속 왕권을 지배적인 위치에 있었다. 그러므로 가톨릭교회는 유럽 사회의 보편적 질서의 원리가 된 셈이다. 사회 안정의 근간을 이루고 있는 교회의 통일을 해치는 것은 곧 사회 불안을 야기하는 공공의 적에 해당되었다. 따라서 교회의 적은 국가의 적이기도 했던 동일한 처벌이 내려졌던 것이다. 민주주의는 피를 먹고 성장하며 종교는 박해를 먹고 성장한다는 말이 있듯이 르네상스는 유럽의 지식 사회가 종교의 박해로부터 인문학의 성장이 발로된 것이다.

그간의 유럽정교가 암흑이었던 점을 알게 된 것은 1203년 십자군 4차 전쟁 때 유럽 지식인들이 인본주의 서적 문서들을 만나게 되면서부터이다. 당시 유럽에는 고대의 서적은 물론 일반 서적 자체가 귀했던 시대이기 때문에 동방의 학자들이 가져온 고대 그리스의 서적은 그 자체가 충격이 될 수밖에 없었다. 오스만투르크가 콘스탄티노플을 함락하면

56) 종교 재판은 이후에도 멈추지 못한 기간을 합하면 6백여 년이다. 그동안 일천 오백만이 넘는 인명을 무척 고통스럽고 잔인하게 살상하였다.

서 당시 동방에 있던 학자들이 피난길에 두고 간 것을 가져온 고대 그리스 인본문서들로부터 자각이 시작된다. 당시 유럽사회는 로마교황청 치하에 있었기 때문에 기독교 교리를 연구하는 성경이나 신학만이 허락되었고 그 이외의 다른 사상들을 접할 수 없었다.

철학 역시 플라톤이나 아리스토텔레스가 쓴 글들의 연구가 있었지만 그들의 주장을 증명하거나 부정하기 위해서가 아니라 그리스도의 교리를 증명하기 위한 도구로써의 연구였던 것이다. 모든 철학은 신학으로 연결되었으며, 예술에도 같이 적용되어 성화나 성상만이 허락되었으며 다른 표현은 상상할 수도 없었다. 하지만 고대 그리스의 서적에는 인간 자체를 연구하기 위한 철학과 인간의 아름다움을 표현한 예술이 담겨 있었다. 이것을 보게 된 당시 철학자들과 예술가들에게는 새로운 자각의 길로 다가왔던 것이다. 중세의 이러한 통치관리 밖의 철학과 예술을 접한 사람들은 인간 중심의 예술과 철학을 연구하자는 운동이 싹트기 시작했다. 이것이 인본주의의 시작이자 르네상스의 시작인 셈이다.

초기의 인본주의는 15~16세기 사람들이 일방적으로 가지고 있던 포괄적인 사상이 아니었다. 엘리트층에 의해서 고대 그리스 문화를 발굴하여 다시 발전시키는 것으로 연구하는 학문 즉, 현대의 인문학을 말하는 것이었다. 다시 말하면 인생에 대하여 연구할 때 기존의 '신이 내린 피조물로써의 인간의 삶'에 대한 연구가 아니라, 여기서의 인본주의는

'인간이 살면서 하는 행위 자체'의 연구라고 할 수 있다. 인본주의의 가장 큰 특징은 영혼이나 신, 운명 같은 자연 외의 존재들인 '초자연'을 부정하는 것이었다. 인본주의는 초자연을 부정하는 대신 인간의 이성에 관심을 가졌으며, 이로부터 사람이 자유 의지를 통해 자신의 운명을 스스로 개척할 힘이 있다고 보았다.

인본주의는 과학의 발전과 함께 물질적인 증명을 통한 것만이 진리라는 사상을 만들어 냈는데 그것이 현대 과학의 기본이기도 한 모든 자연을 대상으로 하고 있다. 이런 특징들이 르네상스의 바탕이 되어 예술가들은 인간 중심의 아름다움을 표현하는 예술적 계기가 마련되었다. 미켈란젤로의 '다비드'같이 사람의 육체적인 아름다움을 표현한 조각상을 비롯하여 사람들의 희로애락을 표현한 세익스피어의 희곡들이 창작되기 시작하였다. 인본주의는 결국 인간의 명운을 제어하는 존재로 만들면서 자연에서의 인간의 중요성을 신과 같은 위치에 두게 되었다. 이를 통하여 인간 중심의 사고에 의한 인간의 존엄성을 중요하게 생각하였으며, 인간의 존엄성으로 이어진 생각은 마침내 오늘의 인권이란 개념까지 만들어 냈다.

인본주의로 하여금 초자연을 부정하면서 생겨난 자연관은 과학의 발전에 지대한 영향을 주었으며 인류의 물질 문명사가 급속도로 발전하게 된 기반이 되었다. 이렇게 해서 잘 사는 것을 원칙으로 발전하게 된 찬란한 물질 문명으로 하여금 가톨릭의 개신교인 기독교는 사랑이라는 가치를 물심양면의 실천적 도약을 통해 세계적인 종교로 부상한 것이다. 그 진전은 지구에서 가장 많은 그리스도 인구 양산을 자랑하고 있다. 하지만 우리 인류에게 끝을 알 수 없는 풍요로운 물질문명의 오늘은 종교가 다시 타락하고 부귀로 썩어 얼룩져 가고 있다. 풍요의 독은 인류가 함께 감염되는 정도를 넘어 지구 환경까지 돌이킬 수 없는 병마에 신음한 지 오래이다.

이에 대한 뼈를 깎는 반성과 치유의 절실한 대안이 모색되고 있다지만, 그 절실성이 미래를 담보할 수 있는 희망이 되지 못할 뿐만 아니라 미래가 보이지 않는다. 하지만 자연주의가 지나치게 심화되면서 과학을 신의 자리에 올려놓고 정보와 연구를 통한 증명만이 진리라는 생각을 낳고 있다. 여기에는 절대 진리는 없으며 개인의 의견 모두 존중되어야 한다는 의미의 포스트모더니즘이 출현하여 정치·경제·사회·문화 등 모든 절대 가치에 대한 탈 사고를 지향하는 새로운 가치 이념으로 세상을 바꾸어 놓았다. 하지만 종교의 궁극적인 도는 부귀로 썩어 타락할 수 있는 대안으로 기본적인 5계나 10계 등을 생명으로 삼아 영생을 구하는데 있음을, 모든 종교가 함께 새로운 자각을 해도 회복이 쉽지 않을 것이다.

전쟁과 무관한 불교의 이상

인류문화사에서 가장 조악하고 잔인한 것이 전쟁인데 불교는 탄생 이후부터 전쟁과는 무관한 평화적인 평등 성지의 종교이다. 더욱이 마음 수행을 통하여 자신을 제어하는 것으로 마음을 닦아서 성취 동기를 달성하는 종교이다. 우리 인류는 여느 곳을 막론하고 부귀빈천할 것 없이 고뇌의 삶을 면치 못하고 있다. 그것은 우리의 삶이 행복한 시간보다 불행한 시간이 훨씬 더 많다는 통계적인 수치에도 잘 드러나 있다. 그리고 부자가 가난한 사람들보다 행복지수가 많이 떨어진다는 것이다. 국가적으로는 10년 전만 해도 방글라데시의 행복 선호도가 세계의 수위를 차지하고 있었다. 그때는 세계에서 손꼽히는 빈국이었으며 지금은 경제 정책으로 돈과 결부되는 경쟁 사회에 물들면서 순위가 바뀌었다.

현재는 행복지수가 가장 높은 나라는 '부탄'이다. 부탄은 히말라야의 첩첩산중에 있는 은둔의 나라로서 전체가 산악지형으로 해발 150~7000m로 아주 척박한 땅이다. 그들은 지극한 불교 신앙에서 우러나오는 윤회 사상으로 삼세인과를 중요시하는 까닭에 살아 있는 모든 생명들을 섬기고 아끼는 국민들이다. 그리고 매일 다섯 번씩 죽음을 생각하고 영적인 세계에 깊은 관심을 기울이며 특히 묘지가 없는 나라이다. 이점은 무슬림들의 하루 다섯 번 예배를 연상케 하는데 문화적인 수용과도 관계가 있는 것인지는 알 수 없다.

땅은 척박하지만 자연과 더불어 모든 생명들을 사랑하는 자비 정신으로 하여금 자신의 종교에 의지하면서 자그마한 것에도 만족하고, 행복을 느끼기 때문이다. 성경에도 "범사에 감사하라"라는 말이 있듯이 작은 일에도 감사하게 여기라는 뜻과 상통한다.

일반적으로 행복지수가 높은 곳은 명상이나 종교 신앙이 깊은 곳이다. 조사에 의하면, 신앙을 가진 사람이 없는 사람에 비해 행복지수가 월등하게 높게 나타나고 있다. 결국은 행복하기 위해서는 자신의 마음 수행이 반드시 따라야 한다. 물질적으로도 행복을 느낄 수가 없는 것은 아니지만, 물질은 많이 가질수록 끝없는 욕망에 시달리기 때문에 행복은 잠깐일 뿐이어서 결국 고뇌를 벗어날 수가 없다. 그러므로 영원히 유일한 행복의 길은 번뇌로부터 벗어나 해탈하여 부처가 되는 것을 이상으로 삼는 것이 불교의 궁극적인 도리이다. 부처되는 행복한 방법의 구현은 오직 명상 수행의 절대적인 마음 공부에 달려 있다고 본다.

어떤 종교라도 신앙을 통해서 마음이 순화되지 못하면 인간 생활의 고뇌를 해결하지 못한다. 다만 해결되지 못하는 이유를 유일신의 종교인들은 신의 뜻으로 돌릴 뿐이다. 이와 같이 타자로 돌리는 것까지도 삶에 대한 모든 고뇌는 마음쓰기에 달려 있다. 그러므로 마음 작용보다 더 중요한 것은 없을 것이다. 종교가 인류 문화사에서 최고의 가치를 발(發)하면서도 상호의 우월을 다투며 성전(聖戰)이란 이름으로 전쟁을 면치 못했던 아이러니를 지니고 있다. 이와 같이 종교라는 신선한 탈을 쓰고, 정신적인 입장은 영생의 복음이라고 부르짖으면서도 이성적으로 납득하기 어려운 부작용을 낳았던 것이다.

21세기의 오늘날에는 물질 만능으로 풍요가 넘쳐나고 있는 반면에 다양한 종교가 각축하는 종교 홍수 시대를 만나고 있다. 이러한 가운데 지금도 이슬람교도들은 수니파와 시아파로 나뉘어져 전쟁을 불사하고 있다. 그리고 전 세계에 테러를 자행하여 인류를 불안하게 하고 있으며, 이제는 종교가 또다시 평화를 위협하는 시대로 전락하고 있다. 여기에 사회적인 당면 과제는 윤리 도덕의 퇴폐와 빈부의 격차, 끝없는 실업자들의 소외로 인한 계층 간의 갈등이 자리 잡고 있다. 또한 더하여 자연파괴와 환경 오염 국가 간의 분쟁 등 지구촌 곳곳에 요원한 불길은 끝이 보이지 않는다.

이처럼 도탄의 세상에서 부패한 곳에는 소금이 되고 혼탁한 곳에는 청정수가 되어 사회를 밝고 아름답게 이끄는 일이 종교의 사명이자 할 일이다. 그러함에도 오늘날의 종교는 사명과 할 일은 뒷전이고 자신의 종교가 제일이라는 어쭙잖은 행동으로 선교를 통해 다른 종교를 폄하하며 전투적인 교세 확장에 분연하고 있다. 그리고 모든 종교의 대형 교단들은 종교 권력에 빠져 종교의 본래 목적을 망각한 채 선량들의 마음을 빼앗아 자신들의 배를 채우는 타락한 길을 걷고 있다.

어쨌거나 권리나 부를 탐하는 것은 마시면 마실수록 더욱 목마르게 하는 소금물과도 같은 것이다. 물질 만능으로 탐착에 빠진 종교지도자들의 권력다툼과 이권으로 얼룩진 이처럼 어지러운 시대는 일찍이 없었다. 이러한 지경에서 불교라고 예외일 수는 없지만 지향하고 있는 목적은 타 종교들에 비해 타락할만한 요소가 없음에도 삼독오욕을 경계하지 못하고 지도자들이 그 독을 즐겨 마신 우치(愚癡)가 있다.

불교의 이상대로라면 모든 중생의 삶이 극락당정이 아닐 수 없을 것이다. 불교가 밝히고 있는 이상은 다음과 같다

"불교는 권력을 위한 파괴적인 투쟁을 단념한 사회/ 평안과 평화가 정복과 패배를 극복한 사회/ 무고한 자에 대한 박해가 맹렬하게 비난받는 사회/ 홀로 자기 정복을 한 자가 군사적・경제적 힘으로 수백만 명을 정복한 사람보다 더욱 존경받는 사회/ 친절이 증오를 선이 악을 정복하는 사회/ 원한, 질투, 악의와 탐욕이 사람의 마음을 물들이지 않는 사회/ 자비가 행동의 추진력이 되는 사회/ 가장 작은 생명을 포함해서 모든 생명을 공정한 배려와 사랑으로 대하는 사회/ 물질적으로 만족한 세계에 있으면서도 평화와 조화로운 삶이 가장 높고 고결한 목표인 궁극적인 진리, 니르바나의 깨달음으로 나아가는 사회를 창조하는 것을 목적으로 한다."

온 인류가 이 같은 정신을 따르고 지킨다면 전쟁이란 단어마저 입을

더럽히는 것이 되며, 모든 중생이 평화와 평등 일여의 영원한 행복의 니르바나를 이루는 정토의 요람이 되지 않을 수 없을 것이다. 하지만 지금까지 종교가 전쟁과 무관하지 않았던 역사적인 증언을 돌아보고, 종교가 과연 인류의 생명에 대한 영원성을 담보할 수 있는 것이 무엇인가를 이성적으로 판단해 볼 필요가 있다고 생각한다. 그렇지 않으면 맹목적인 신앙에 빠져 교주를 팔아서 죄악을 자행한 자들에게 심신의 노예로 전락하여 아까운 인생을 그르칠 염려가 없지 않다는 것이다. 그래서 더욱 판단은 인문적인 성찰을 통해 사색(思索)해봐야 할 때이다.

더욱이 종교 권력에 감염된 지도자들은 이러한 인문학적인 사색이 그들에게는 달갑지 않을 것이다. 자신들이 누리는 지금의 그 자리는 영원할 것으로 착각을 할 테지만, 세상에 영원한 것은 어디에도 없다.

엊그제 일천오백만 불자라고 외치던 지금의 불교 인구는 그 반 토막이 나고 있는데도 종단 관료들은 관심이 없다. 어디에 조금도 흠축이 없는 여여한 법을 지닌 불교도들의 삶은 너무 안일해서 무슬림들이 하루에 다섯 번씩 예배하는 모습을 배워야 할 것이다. 불교도들의 문제는 이러한 사명을 지키기 위한 노력 자체가 신행이며, 동시에 수행이며 정진이어야 함에도 목적과 결과 모두를 인연에 맡기고 있다. 이처럼 인연법에 맡겨져 아무 장애가 없었으니 탐욕을 조정하지 못한 지도자들의 오욕이 발득한 탓이다.

오랜 세월을 삼독을 즐겨 마신 까닭에 화택으로 타올라 무너져 썩고 구제 불능하여 멸빈을 종신해도 반성이 불가할 중병의 정업자들이 속출한 까닭이다. 삼보라는 말과 치의가 부끄럽고 안타깝기 그지없다. 그렇지만 다른 한편으로는 속출한 정업자들의 일부를 보고 불교의 숲 전체가 통째로 다 썩은 것은 아닐 것임도 알고 있다. 하지만 썩지 않고 있는 그들만의 힘으로는 자정능력이 없다는 것이다. 세상에서 가장 아름다운 보석이라도 내 수중에 있을 때는 아름다움의 진가를 느끼지 못한다. 그러나 다른 사람의 손아귀에 들어간 뒤에야 비로소 그 소중한 가치를 알 듯이, 우리의 신앙도 마찬가지가 아닌가 싶다. 지구상에서 가장 수승한 붓다의 법을 함께 하고 있는 불자들은 그 법이 자신들과 늘 같이 있으니 인격을 고양할 부처될 생각을 못하고 있는 것은 아닌지?

명상을 통해서 궁극적인 이상을 만나는 길

1. 선(禪)의 종류

불교의 가장 바른 신앙관은 자신이 어디서 와서 어디로 갈 것인가를 깊이 새기며, 그 궁극의 이상을 넘보는 공부가 더욱 중요하다. 불교는 선종(禪宗)과 교종(敎宗)이 양립한 세계관 속에 양쪽의 두 바퀴 역할이 선교 양종이다. 한국 불교의 난립한 종단은 대략 50여종 이상이며 개개의 종지가 있으면서도 모두가 선교 양종이 통해 있는 원통 불교를 지향하고 있다. 하지만 종단들이 많이 부패하여 선뜻 의지할 만한 곳이 없다. 그중 가장 크게 부패한 종단이 조계종단일테지만, 그래도 바른 수행자들이 많은 반면, 전교의 모든 시스템을 잘 갖추고 있어서 대표성을 띠고 있다. 입문 과정에 있어서는 먼저 교리(敎理=간경과 염불)를 일정 기간 공부를 하여 기반을 쌓아가면서 선(禪=명상)을 시작하는 것이 좋다.

그러나 과거의 선종에서는 불립문자(不立文字)를 내세워 교학을 무시하는 경향이 없지 않았다. 하지만 교학없이는 궁극의 이상을 찾아가는 이정표를 헤아릴 수 없기 때문에 방향을 모르는 밤길을 걷는 것과 같다. 그래서 선을 심취하더라도 교학을 버려서는 안되며, 틈틈이 꾸준히 공부하는 것이 붓다를 흠모하는 정신(正信)에 드는 첩경이다. 불자 입장의 보편적인 생각이나 관념에서 보면 지금까지 선교 중에 선(禪)이 불과(佛果)를 이루는 빠른 길로 여기는 경우가 많다. 하지만 우리의 역대 선지식들은 고려의 태고 보우종사를 비롯해서 나옹, 보조, 서산, 대사 등 근자의 청화선사께서도 선교의 우열을 구별하지 않았다. 어느 쪽이라도 열심히 정진하여 삼매를 일상적으로 길게 이어갈 수 있느냐에 따라 불과의 성취가 달려 있다고 밝혔다.

선의 종류를 살펴보면 크게 나누어 다섯 종류의 선이 있다. 첫째, 외도선(外道禪): 인과를 불신하고 유루(有漏)[57]공덕을 위하여 닦는 선이다. 둘째, 범부선(凡夫禪): 인과를 신(信)하고 유위(有爲)[58]공덕을 위하여 닦는 선이다. 셋째, 소승선(小乘禪): 아공을 신하고 해탈을 위하여 닦는 선이다. 넷째, 대승선(大乘禪): 아공(我空) 법공(法空)을 신하고 해탈을 위하여 닦는 선이다. 다섯째, 최상승선(最上乘禪)은 여래선(如來禪) 또는 조사선(祖師禪) 이라고도 한다. 이는 본래 부처로서 일체 무루(無漏)[59]공덕이 원만히 구족(具足)함을 신해(信解)하고 닦는 선이다. 이와 같이 이 5종선에는 닦는 방법에 따라 분명한 우열의 차이가 있다.

외도선과 범부선을 제외한 선은 보편적인 선이긴 하지만 그 중 최상승선을 택하는 것이 검증된 선이라고 본다. 북방의 대승불교에서는 대체적으로 최상승선을 위주로 하고 있다. 그리고 요즈음 남방불교에서 유입되고 있는 위파사나선이 많이 전파되고 있는데, 이 또한 소승선에 속한 선이다. 이 선 역시 보편적인 선에 들어간다고 보지만, 한 때는 대, 소승선을 언급할 때 소승선을 폄하해서 말하는 선객들이 많았다. 그러나 요즈음 그 반대로 그들의 주장은 붓다 당시의 근본불교인 시교선(始敎禪)이란 점을 주장하여 북방의 대승불교가 닦아왔던 현재의 선풍을 오히

---

57) 유루:번뇌에 얽매이어 깨달음을 얻지 못한 범부의 경지를 이른다. 유루는 오염에 물든 것, 세상에 물듦, 더러움, 말다툼 등은 모두 번뇌를 일으킨다. 사제(四諦)에서 미혹의 결과에 따른 원인으로 생겨난 고제와 집제는 유루법에 속하고 깨달음의 결과로 생겨난 멸제와 도제는 무루법에 속한다.

58) 인연에 의하여 생멸하는 만유일체의 법

59) 무루:번뇌에서 벗어나거나 번뇌가 없음 번뇌를 여윈 청정한 몸을 무루의 몸이라 하고 번뇌가 없는 맑은 깨달음의 경지를 무루의 길이라 칭한다. 일체의 세속법을 대상으로 일어나는 지혜를 유루지라 하며 사제의 이치를 깨달아 깨침[見性] 이후의 성자의 지혜를 무루지라 한다.

려 부정하기도 하는 어줍잖은 일들이 있다. 하지만 부처님 법은 무량하기 때문에 팔만사천법문 모두를 포괄하여 초월해서 선종이 나온 것임을 인지해야 한다.

의사소통이 막혀 있었던 원시적인 과거세의 시대와는 비교할 수 없는 오늘의 이 시대에서는 옳고 그름을 파악하는 의사소통 정보가 분초를 다툴 정도로 빠르고 쉬운 일이다. 신통스러운 반면에 거짓정보도 무한적으로 편승하여 혼란을 주기도 한다. 그렇지만 불교의 교리는 숙세의 아승지겁이 준비된 붓다의 출현으로 만들어진 가장 완고한 진리이기 때문에 짧은 기간에 만들어진 섣부른 조작들과는 판별하기가 쉽다. 지금 한불교의 대승선의 원류는 1천 7백여년 역사가 묻어 있는 문화적인 현상의 전통선이다. 중국의 선불교에 근거하고 있어 왔기 때문에 한국불교를 이끌어 왔던 조계종단은 공안선 일변도로 1천년 이상을 지속해 왔던 그 전통을 고수하는데 전력을 다하고 있다. 그러나 정보소통이 원활한 지금은 공안선에만 메이지 않고 수행자의 적성에 맞는 묵조나 염불선에 많은 이들이 관심을 기울이고 있다.

위에서 말한 다섯 가지 선 중에서 최상승선을 택하여 닦는 것이 가장 수승한 법이다. 또한 최상승선에서도 공안선, 묵조선, 염불선으로 나누어진다. 그러므로 어느 쪽이든 돈독한 마음을 지니고 게으름을 한사코 추방하여 부지런히 정진하는 것만이 최상의 길이다. 하지만 참선자들은 무작정 앉아 있다고만 해서 참선이 되는 것은 아니다. 거기에는 앉는 자세와 호흡하는 방법이 안전해야 하며, 최상승선 중에서 어떤 종류의 선을 선택해야 할 것인가도 결정을 해야 한다. 앉는 자세는 가부좌(跏趺坐)와 반가부좌가 있는데 초보자는 반가부좌가 더 편하다. 가부좌를 한 채로 허리를 곧추세우고 약간 앞으로 치우쳐 정삼각형의 모형을 취하는 것이 좋다. 정신을 집중하는데는 인간의 자세 중에서 가부좌보다 안정된 좋은 자세는 없다고 한다.

기하학적인 의미에서도 가장 안정된 자세가 정삼각형이다. 어떤 모양의 자세도 정삼각의 모형보다 안정된 자세는 없다고 한다. 더욱이 불가에서의 정삼각형은 미타(彌陀)의 지인(智印)이기도 하다. 또한 정삼각형이 미타의 묘관찰지의 상징이며, 제불의 본사(本師)가 곧 아미타불인 동시에 최 종주(宗主)이기도 하기 때문이다. 다음은 눈은 실눈을 살짝 뜨고서 코끝을 보며, 입은 편하게 다물고 혀는 입천장에 붙여 숨고르기를 해본다. 숨쉬기가 안정되면 호흡을 단전 아래로 깊숙이 끌어내려 들숨과 날숨을 잘 조절하는 습관을 길러야 한다. 물론 선은 보선(步禪=반주삼매) [60] 도 와선(臥禪)도 있지만 처음에는 좌선 중심으로 두 시간 정도는 앉아있을 수 있는 습관을 익히는 것이 중요하다.

60) 7일 또는 90일을 기한으로 하여, 계율을 지키고 항상 도량이나 불상의 주위를 돌면서 오로지 아미타 불을 생각함으로써, 여러 부처가 눈앞에 나타나는 삼매.

2. 위파사나선의 실체

한국의 불교사회에는 위에서 말한 바와 같이 완벽한 선의 전통이 수립되어 있지만 새롭게 유입된 테라와다(Theravāda=스리랑카, 미얀마, 태국, 라오스 캄보디아 등의 남방불교)의 소승선이 십여년 이후 활발한 전계를 보이고 있다. 여기에는 오직 팔리어 '니까야와'만이 순수한 붓다의 가르침을 담고 있는 정통임을 주장하는 이들이 한국 불교를 곤혹스럽게 하고 있어서 몇 마디 덧붙이고자 한다. 여기에는 기존의 불자들이 맞아들인 위파사나선이 지금껏 모색해 오던 대승선과 조금 달리 느껴진다고 해서 곧바로 깨달음을 얻을 것처럼 상을 많이 내고 있다. 그리고 거기에 더하여 기존의 대승선은 선이 아니라고 폄하하는 이들을 제 주변에서도 목도하고 있다. 하지만 그쪽의 공부를 부단히 해보고도 삼명육통의 제 공덕이 잘 발휘될 수 없다면 부끄러운 일이고, 만약 쉽게 발휘된다면 그때 가서 상을 내도 늦지 않다고 생각된다. 그러나 만약 삼명육통을 부정한다면 붓다의 법을 부정하는 것과 같다.

특히 남방불교에서는 삼명육통 중에서 누진통을 피하는 경향을 보이고 있다. 누진을 성취하면 윤회를 벗어나게 되는 붓다와 동일한 아라한과를 이루기 때문에 윤회에서 벗어나는 것을 원치 않았던 초기 불교의 전통이라고 한다. 이러한 경향이 대, 소승의 수행의 차이점이기도 할 것이다. 초기의 '우다나경'에서는 탐,진,치가 사라진 상태가 붓다라고 하여 아라한과 붓다의 차별이 대등하였다. 그러나 후대에 결집된 증일 아함경에서는 아라한과 붓다의 차이를 현격하게 두고 있다. 하지만 대승경전에서는 아라한을 벽지불이나 보살지 밑에 두고 있다. 이 점을 증일아함경의 아라한 개념과는 어떻게 구분지어야 할 것인가를 파악해 보면 대승경전과의 역사적 관계를 유추해 볼 필요가 있다.

그러므로 남방불교와 북방불교의 교리상의 차이점에 대한 이해가 필요하다. 남방불교는 '아비달마'에 의해서 모든 아함경 해석의 근거를 두고 있다. 다시 말하면 '아비달마' 자체를 경전으로 인정하고 있는 셈이다. 그 결과 남방불교에서는 아공법유(我空法有)인 법체(法體)를 항유(享有)한 삼세양중인과(三世兩重因果)와 업감연기(業感緣起[61])를 중심으로 이루어진 전법이다. 반면 북방불교에서는 붓다 입멸 후 5세경에 출현한 용수, 세친, 마명을 중심으로 공(空)을 바탕으로 한 중관 유식으로 발전하였다. 이러한 대승 불교는 아공법공(我空法空)을 절대시하며 아뢰야연기, 진여연기, 법계연기[62]로 형성된 전법에 대한 차이를 드러내고 있다. 따라서 불법의 궁극인 열반의 정의와 수행법의 차이가 당연이 있을 수 있다고 여겨진다.

61) 부파불교에서는 12연기를 삼세(과거,현재,미래)에 걸쳐 서로 겹치는 연을 삼세양중인과로 보았으며, 이를 시간적 생기를 중심으로 일으킨 번뇌로써 그릇된 행위를 일으키고 그릇된 행위는 괴로움의 과보를 초래하는, 곧 혹(惑)·업(業)·고(苦)의 생존을 되풀이하는 인과에서 그릇된 행위를 중요시한 관점.

62) 대승에서는 부피불교의 해석을 타파한 것으로써 최초에 등장한 반야경의 '일체개공'을 주장하여 경험세계의 내용 모두 8식(아뢰야식)의 습기에 잠재형태로서 내재 된 모든 존재(일체제법一切諸法)를 일으키는 가능력을 일체종자식이라고도 한다. 또한 우주만유는 모두 진여로 말미암아 생기는 연기로부터.우주의 만물은 각기 하나와 일체가 서로 연유(緣由)한 끝없이 관계를 법계무진연기라고 한다.

문제는 붓다의 입멸 후 오랜 역사적 시세적인 현장 문화의 영향이나 내부적으로 계파가 형성되어 논쟁을 통해 새로운 문헌의 등장은 당연한 것이다. 또한 대승 불교와 마찬가지로 후대에 첨삭과 증보개정을 거친 문헌들이 존재하기 마련이다. 더욱이 현존하는 '니까야'는 기원후 4~5세기경 스리랑카에서 '붓다고사와 마하위라파(대사파)'가 자기 부파의 입지를 늘리고 타 부파와 대승불교, 힌두교 등을 억제하려는 목적으로 재편집되었다고 한다. 해외에선 실제 북방 전통 문헌 중 일부는 가장 이른 시기의 팔리어 필사본보다 연대가 훨씬 올라간다는 연구 결과도 나왔다. 또한 국제 불교학계에서 아함과 니까야는 이미 붓다의 친설 그대로가 아니라고 밝혀졌으며, 남전의 역사적 문헌들도 그 신빙성을 의심받고 있다.

대표적인 예가 바로 상좌부 불교에서 불교입문부터 수행, 니까야 해석을 인정받는 표준이 「청정도론」인데, 상좌불교의 스리랑카 출신 불교학자 하와이대 명예교수 '칼루파하나'는 그의 저서「불교 철학의 역사」에서 '붓다고사'가 후대 인도 불교의 사상을 붓다의 친설인 양 끼워넣었음을 밝혀 큰 논란이 있었음을 워커사전은 적고 있다. 그리고 시대에 따른 변화와 괴리되어 초기 승단의 모습 그대로를 유지한 것도 아니다. 남방불교 현지의 수행법도 사마타, 위빠사나 중 위빠사나에 치우쳐 붓다의 당대 수행법과도 거리가 멀어졌을 뿐만 아니라 동남아 민간신앙과 대승불교의 부분적인 영향을 입고 있다. 남방불교에서 잘 남아 있다고 알려진 탁발문화 역시 현실과는 다르며, 오히려 남방불교권에서 탁발은 운동 부족으로 비만 승려들이 늘어나 사회문제가 되고 있다.

종교사회건 세속사회건 사람사는 곳은 마찬가지어서 한국승단만이 아니라 태라와다의 남전불교에도 파계승이나 영업행위 승이 부지기수이다. 게다가 테라와다 불교 국가들의 현행 승려의 높은 사회적 신분 지위로 인한 폐해는 오히려 한국보다 심하다. 심지어는 사원 안에서도 동북아의 무당사찰처럼 정령신앙을 결합하거나 기복신앙을 장려하여 돈과 결부한다. 승려가 축재한 재산을 자금세탁 혐의로 조사받고, 사찰 안에서 동물학대와 불법 동물밀매를 하는 것은 보편적인 일이다. 심지어는 살인, 성매매, 불법 금융거래에 연루되어 승려들이 대거 체포되는 등 문제가 심각하다. 그러나 남전불교를 국내에 소개하는 재가자 중심 단체들은 이러한 부패행위를 모를 리가 없을 것이다. 하지만 이러한 어두운 면을 숨기고 알려지는 것을 꺼려하며, 밝은 면만을 일방적으로 소개하며 테라와다 불교를 옹호하고 있다.

기원전 6세기경에 탄생한 붓다의 정각이 선정을 통해서 이루게 된 정법은 상법을 거처 말법시대에 와서는 이처럼 어지럽기 그지없다. 이와 같은 와중에도 세칭 명상의 위대성이 현대 사회에 널리 파급되면서 정작 어처구니가 없는 것은 신앙과는 들떠있는 학자연하는 논리비약들만 무성할 뿐이다. 명색 학자들이 불교의 완벽한 대, 소승의 정통방법과 는 엉뚱한 다른 법을 들고 나와 논리를 더 보태고 빼고 하면서 나름대로의 명상법인 이른바 초월적 명상법이나 다른 명상법을 가지고 법석을 펴고 있다. 또한 그들 방법이 어쩌다 선미를 느끼게 되어 재미가 붙으면 그것이 참다운 선이라고 여래나 조사께서 교설한 선을 과소평가하는 분들도 있다. 고 청화선사께서는 미국이나 인도 신지학(神智學Theosophy)에서 나오는 명상법 같은 것 때문에 혼미를 느끼는 일이 없지 않기 때문에 현혹되지 말라는 훈시를 했던 생전의 모습이 떠오른다.

더욱이 법석을 펴는 자들은 생사해탈에 대한 목숨을 건 절실한 체험도 없이 건강과 관계되는 얄팍한 것들로 하여금 사람들을 현혹하여 종교행과도 흡사한 모임을 만들어 혼란을 야기하고 있는 현실이다. 여기에는 상좌불교의 극성도 함께 하고 있지만 위파사나는 같은 통불교로서의 동질성을 지니고 있어서 어지럽히는 자들과는 다르다. 그렇지만 남방불교의 요란한 유입이 한국불교를 어리둥절하게 한 것은 사실이다. 이들 주장은 붓다 당시의 교단을 이어온 근본불교인 위파사나의 시교선이 오늘에 이르도록 변질없이 원형 그대로 유전한 것이라지만 연구결과들은 긍정하지 않고 있다. 역사적 시대적 문화적 변혁 그 자체가 무상한 것이어서 5세기를 문서도 없이 구전으로 이어온 남전불교의 법이 변질이 없다는 것은 무상한 진리를 넘어선 논리를 떠난 주장일 뿐이다. 이상이 북방의 대승선을 감히 폄하할 수 없는 이유이다.

3. 공안선이란?

공안(公案)선은 화두(話頭)선이라고도 하며 간화선(看話禪)이라고도 한다. 이 선은 나는 누구이며 또한 그 무엇이 나일까? 진정한 나의 실체가 무엇인가 하는 물음의 대답은 있는 것일까? 이러한 철학적인 질문을 던져놓고 그 답을 찾기 위한 것이 화두라면, 그것은 결과적으로 "이 뭐고?"(是甚麼) 내가 무엇이냐 하는 의심에 직면함이다. 다시 말하면 무자(無字) 화두 즉, 무엇이 없다는 것인가? 없는 것이 무엇인가에 대한 본질을 구하는 문제를 의심하면서 닦는 그런 선법이다.

이 선은 조사선에 해당하는데 공안이라는 용어가 맨 처음 등장한 시기는 당(唐)대의 황벽 희운 선사께서 시작된다. 그러나 그 때는 후대의 간화선에서 말하는 공안의 본격적인 의미로는 사용되지 않았다. 그러나 후대에 본격적으로 말하는 간화라는 의미에서의 공안, 곧 화두는 당나라 말기의 조주종심(趙州從諗)과 임제의현(臨濟義玄)에게서 진전된 것이다. 그리고 북송 말에서 남송 초기의 대혜종고(大慧宗杲)에 의해서 대성하게 된다. 이 때부터 붓다와 조사들의 기연이 정형화되어 수많은 화두로 나타나게 된다.

따라서 수행 납자들의 수준이 서로 다르기 때문에 화두도 다양하며 일상의 생활 하나 하나가 화두로 등장한다. 이처럼 송(宋)대에서는 화두가 간화선이라는 일종의 화두 참구를 으뜸으로 내세우는 수행 방식으로 선택된 공안만도 일천칠백 공안에 이른다. 이러한 공안이 수행 납자들 사이에서 널리 의논되기도 하고, 스승과 문답을 하면서 발전해 갔으나 그것이 자기의 진실한 깨침의 마음을 규명하기보다는 형식적으로 흐르게 되어 부작용이 적지 않았다.

대혜(大慧)는 이러한 부작용에 대하여 새로운 대안으로 조주 종심의 무자화두(無字話頭)를 강조하였다. 조주의 무자화두란 조주와 제자 사이에 있었던 일화를 바탕으로 형성된 "개도 불성이 있느냐는 물음에 무"라고 대답한 화두이다. 당시 이를 오조 법연 선사가 그 일화를 예로 들어서 설법한 이후부터 이른바 무자화두가 회자되었다. 대혜가 무자화두를 통하여 목표로 삼은 것은 공안에 대하여 대의단(大疑團)을 불러 일으켜 그것을 통해 깨침으로 나아가도록 한 것이었다. 그리하여 대혜는 공안을 들지 않고 의심이 없이 묵묵히 앉아 좌선만 하는 모습을 경계하였다. 그리고 화두에 대한 의심으로부터의 깨침을 제일의 원칙으로 삼았다.

따라서 크게 의심할수록 크게 깨친다는 대의대오(大疑大悟)를 강조한 선이 대혜의 무자 일변도의 화두선이다. 이러한 무자 화두선이 송대에서 우리에게 전해져 일천년 이상을 일방적인 화두선으로 지속해 왔으며, 현재도 조계종단의 최고 선풍임을 고수하고 있다. 이 역시 최상승선인 높은 선법에 해당하는 선이다. 그렇다고 이 선법이 최고선법 중의 한 방법이긴 하지만, 깨달음을 얻을 때까지는 끊임없는 의심을 떠날 수가 없다. 우리가 사는 사바의 삶은 속고 속이는 의심으로 만연한 화택고해이므로 정서적으로 불안정한 상태에서는 머리에 상기(上氣=열이 올라)되어 열병 또는 의심병이 도래하는 경우도 많다. 문제는 참구력이 남달라야 한다. 그러므로 이 선은 근기가 뛰어나야 효과가 있는 참구적인 선에 해당한다.

4. 묵조선이란?

묵조선(默照禪)은 중국 송(宋)대에 조동종(曹洞宗)의 굉지정각(宏智正覺)이 주창한 간화선(看話禪)에 대응되는 대표적인 선법이다. 묵조선은 간화선과는 달리 특정한 '화두'를 들지 않는 것이 특징이다. 이 선은 정해진 어떤 안(案)이 없이 그냥 앉아서 자신의 마음을 비춰 보는 선이다. 어떤 언어로 된 생각도 하지 않고, 가만히 단전에 힘을 주고 앉아서 좌선을 반복하며 인간 본래의 청정심, 불성을 바라보는 노력을 한다. 그러면 우리가 본래 부처이기 때문에 결국에는 부처가 된다는 것이다. 다른 특별한 논리가 없으니 참으로 쉽다는 생각이 들지만, 지적인 면에서는 무미건조하기 때문에 지루할 수도 있다.

하지만 묵묵히 말을 잊고 본성을 관찰하면 밝은 본성이 저절로 묘한

작용을 일으키게 된다는 것을 근거로 하고 있다. 물론 근거는 주창자의 증명이기도 할 것이다. 그렇지만 수년을 앉아도 눈만 까막까막할뿐 마음자리가 좀체 밝아올 기미가 없으면 얼마나 지루하겠는가? 그래서 이 선은 남다른 의지가 뛰어나야 하는 의지적인 선에 해당한다. 그러나 굉지와 같은 송(宋)대에 간화선을 주창했던 대혜(大慧)는 묵조선을 검은 산 밑에 있는 귀신의 굴로 빠져들게 하는 선법이라고 가혹한 평을 하였다. 또한 대혜의 뒤를 이은 간화선파에서는 이를 사구선(死句禪)이라고까지 규정하였으나 굉지는 이와 같은 시비에 휩싸이지 않고 평생 동안 묵조선으로 후학들을 지도하였다.

묵조선의 근간이 된 마음을 바라보는 간심선(看心禪)을 일관했던 6조 해능을 따라서 선법을 받고 선객을 교화했다는 "청원행사를 비롯해서 석두희천, 약산유엄, 운암담성, 동산양개, 조산본적"으로 내려오는 맥락을 조동종의 선법으로 볼 수 있다. 묵조선 역시 최상승선에 속하는 선이다. 그렇지만 그냥 오랜 시간을 말을 잊은 채 침묵하고 앉아 있으면 밝음이 비춰 참나를 보게 된다고 설명하고 있다. 하지만 자칫 아무 생각도 하지 않고 무조건 앉아만 있다가 무기(無記)에 떨어져 바보가 되기도 하는 예가 종종 있다. 우리나라에서는 고려 중기 지눌(知訥)이 [63]정혜쌍수(定慧雙修)를 주창하면서 묵조선법을 간접적으로 인용한 바가 있다.

정혜쌍수의 '정'은 고요하고도 묵묵히 마음을 가다듬는다는 뜻이 있

63) 선정과 지혜를 함께 닦는 수행법.

고, '혜'는 고요한 마음에서 저절로 밝게 비추어 보니 지혜를 뜻하는 것이다. 나아가서 지눌은 성적등지문(惺寂等持門)의 수행법을 제시하였는데, 마음을 고요하게 하여 다른 번뇌망상이 일어나지 않게 하는 적적(寂寂)과, 그 고요한 마음으로 만물을 밝게 비추어 보는 성성(惺惺)이 함께 갖추어져야 한다고 주장하였다. 묵조선과도 상통하는 점이 없지 않다. 지눌 이후 고려 말의 선승 경한(景閑)이 묵조선과 비슷한 무심선(無心禪)을 주창하여 많은 후학들을 지도하였다. 우리나라에서는 간화선 수행법을 많이 취하고 있어서 묵조선을 선호하지 않지만 현재 일본의 소토[64] 계통에서 활발히 계승하고 있는 선이다.

5. 염불선이란?

염불선(念佛禪)은 순선시대에 바탕한 선으로서 귀의일체삼신자성불(歸依一切三身自性佛)과 직통한 선법이다. 자성불의 자체인 내 마음의 본 바탕이 그대로 부처라는 생각으로 우주만유도 극락도 모두 부처라고 느끼는 염불, 이것이 염불선이다. 그러나 한때는 근기가 낮은 하근중생이 하는 것으로 폄하하는 이들도 없지 않았다. 그것은 불입문자를 앞세우던 상이 많은 선방수좌들의 지적(知的)접근이 차단되어 만들어졌던 망언에

64) 소토는 일본의 천태종 계통을 말하는데, 사토(四土)를 뜻하며, 모든 미계(迷界)를 네 가지로 나눈 땅 즉, 동거 토, 방편토, 과보토, 상적광토(常寂光土)이다. 유식종에서, 부처의 나라를 네 가지로 나눈 땅. 화정토(化淨土), 사정토(事淨土), 실보정토(實報淨土), 법성정토(法性淨土) 또는 법성토, 자수용토, 타수용토, 변화토이다.

불과하다. 더욱이 염불선은 화두선의 참구적인 근기와 묵조선의 의지적인 뚝심에 치우치지 않는 지(知)정(情)의(意)에 의한 조화적(調和的)인 선이며, 이 역시 최상승선이다.

이 말은 선의 우열을 의미하는 뜻이 아니라 이제는 한국 불교의 선수행이 일천년 동안 화두선 일변도의 긴 역사를 지녀왔음에도 돈오(頓悟)의 대방(大防)이 없었다. 또한 갈수록 무(無)자를 뛰어넘지 못하고, 무자에 걸려 넘어지거나 꽁꽁 묶여 돈사(頓死)하는 이들만 늘어 진부하고 경직되어 가고 있다. 이러한 까닭에 적성에 맞는 방식의 선을 선택하는 것이 공부하는데 보다 효과적이기 때문이다. 하지만 염불선은 철학적 논리가 너무 정현하기 때문에 방식을 모를 때는 복잡한 것처럼 느껴지지만 조금만 집중해서 이치를 파악하면 가장 쉬운 지적이며 조화적인 선법이다. 우선 염불은 부처님 명호를 염하고 관하는 사종염불(四種念佛)과 방편염불(方便念佛)이 있다.

사종염불은 자신의 마음 속에서 부처를 구하는 것이고, 방편염불은 자신의 마음 밖에서 구하는 것이다. 먼저 사종염불에는 칭명염불(稱名念佛), 관상염불(觀像念佛)1, 관상염불(觀想念佛)2, 실상염불(實相念佛)이 있다. 칭명염불은 부처님의 명호(名號=이름)를 외우는 염불이며, 관상염불1은 부처님의 원만한 덕상을 관찰하면서 하는 염불이다. 또한 관상염불2는 글 내용이 다른 관상염불이며, 부처님의 무량공덕을 상념(想念)하면서 하는 염불이다. 실상염불은 우주 만유의 모든 것에 대한 그대로의 참모습, 곧 불성(佛性)의 본체인 진리를 관조(觀照)하는 모습이다. 이에 대비되는 방편염불은 부처를 자기 마음 밖에서 구하는 것으로서, 극락정토를 머나먼 십 만억 국토 밖에서 구하는 염불이므로 사실과는 다른 방편으로 하는 염불이다.

그러므로 염불선은 염불과의 구별을 잘 해야 한다. 다시 말하면 마음으로 구하는 것과 마음 밖에서 구하는 것을 분명히 해야 한다. 또한 외도와 정도의 차이도 마찬가지여서 별별스러운 재주 있는 짓을 다해도 마음 밖에서 무엇을 생각하면 외도이다. 따라서 염불 역시 마음 밖에서 구하는 것이 염불이며, 마음 속에서 구하는 것이 염불선이다. 이 염불선은 자기 마음의 본바탕 즉, 자기 마음이 바로 부처다. 또한 동시에 우주를 바로 부처로 보는 것이며, 이와 같이 생각하는 것이 곧 실상염불선으로 정의된다.

지면상 여기에 설명은 생략하지만 염불에서 얻어지는 십종이익만 보더라도 공덕을 헤아리기가 어려울 만큼 이익이 크다. 그 중 여섯 번째 해당되는 심광조호익(心光照護益) 하나만으로도, 부처님은 생명 자체가 광명으로 이루어져 있으므로, 명호를 부르고 외우면 그 광명이 우리에게 와서 우리를 비추고 보호한다는 것이다. 그러나 교도들이 염불을 모르는 분들은 없지만 선과 염불을 구별하여 행하는 분들이 많지 않다. 물론 주문을 주력하는 것도 좋은 수행법이다. 그런데 도움을 주는 선지식이 있으면 큰 다행이지만 그 역할을 보통 신도들의 원찰 주지 스님들이 맡고 있다. 그러나 불과를 향한 목적지는 같아도 그곳을 가는 이정표가 다른 경우가 많아서 적성이나 개성이 무시되거나 아예 염불선과는 무관한 예가 많다. 그러므로 체계가 없이 일방적인 화두선 일변도로 다른 방식의 선은 선이 아닌 것처럼 모순적인 문제들을 드러내는 경향이 없지 않다.

하지만 마음으로 구하는 염불인 정근의 경우도 염불선에 해당되지만 명호만 그냥 외우고 공덕만을 치우쳐 생각하는 것은 사실상 참선이라기보다는 기복성이 많아서 진정한 선은 못된다. 그러므로 선에서 가장 중요한 점은 일상삼매 일행삼매이다. 우리 마음이 끊임없이 그 진리에 머물러서, 진리를 촌각도 떠나지 않는 공부, 이것이 진정한 삼매이며 선이다. 특히 염불선에서 실상염불이 염불선의 대표적인 선법이며 진정한 선이다.

그것은 가장 합리적으로 행해상응(行解相應)한 까닭이다. 이 뜻은 주관(主觀)인 심식(心識)이 대상에 작용하여 그 모양을 분별하고 완전히 이해하여 서로 응하는 기맥이 통함을 이른 말이다. 실상의 참뜻은 불생불멸(不生不滅)하고 불구부정(不垢不淨)하며 영생상주(永生常住)한 진공묘유(眞空妙有)의 생명 자체를 의미한다. 또한 진여(眞如) 여래(如來) 부처(佛) 열반

(涅槃) 도(道) 실제(實際) 보리(菩提) 주인공(主人公) 일물(一物) 본래면목(本來面目) 제일의제(第一義諦) 등이다. 따라서 실상염불은 우리가 진리를 미처 모르지만, 아직 모르는 그 진리를 마음에 담아 염한다는 뜻이다.

그러므로 실상은 영생상주하는 것이지만, 사람이나 기타 현상계에 있는 모든 것은 변화무쌍한 것이며, 우주 만유도 일정 기간 머물러 있을 뿐, 진리의 몸인 실상만 영생토록 변함이 없다. 다시 말하면 낳지 않고 죽지 않고, 더러운 것도 깨끗한 것도 없고 영생토록 머물러 있는 진공묘유(眞空妙有)와도 같은 것이다. 이는 다만 텅 비어있을 뿐만 아니라 허공 가운데 가득 차 있는 그 무엇이다. 실상은 끝도 가도 없고 허공 가운데 존재하지만 육안에는 보이지 않는 그 무엇이다. 굳이 이름을 붙인다면, 부처(佛) 도(道) 보리(菩提) 진여(眞如) 여래(如來)라고 할 수 있다.

참다운 것은 중생의 육안으로는 볼 수 없는 것이므로 붓다의 말씀을 의지해서 우리가 겨우 헤아려 보건데, 영원히 불변한 모습으로 모든 공덕을 갖춘 허공 가운데 꽉 차 있는 이것이 실상이다. 따라서 실상염불은 그대로 진리 자체이기 때문에 이해가 약간은 어려운 편이지만 부처님 이름에 가장 합당한 이름의 염불이다. 청화선사의 교설에 의하면 아미타불이란 이름과 실상과는 계합함이 합당하며, 아미타불의 뜻은 무량광불(無量光佛)이며, 무량수불(無量壽佛)임을, 강조하였다. 무량광불이란 광명이 우주에 가득 차있다는 뜻이고, 무량수불이란 영생한다는 뜻이다.

또한 더하여 청정광불(淸淨光佛), 무대광불(無對光佛)이기에 청정하기가 상대가 없기 때문에 가장 실상염불에 걸맞는 부처님 이름이라고 한다.

그러므로 우리가 실상 염불을 할 때는 마음을 천지 우주로 해방시켜서 그 가운데 가득 차 있는 그 무엇, 또한 찬란한 그 무엇이, 청정하기가 상대가 없는 광명을 상염하면서 임하는 선이 실상염불선이다. * 청화스님의 원통불법요체에서 인용하였음.

6. 위파사나선이란?

위파사나(Vipassana)는 팔리(Pali)어 그대로 선(禪)에 대한 우리말 번역이 위(Vi)는 명확하게 구별하고, 파사나(Passana)는 본다 관찰하다의 뜻이다. 다시 말하면 붓다 당시의 지도 원리가 구전으로 전해지던 것을 팔리어로 기록하여 남긴 법전인데 일종의 관법선(觀法禪)에 해당한다. 위파사나는 남방의 상좌(Theravāda=스리랑카, 미얀마, 태국, 라오스 캄보디아 등의 남방불교를 말함.)불교 나라들에서 맥을 이어온 명상법이다. 위파사나는 필자가 관심을 가지고는 있었으나 깊이 알고 있는 것은 아니기 때문에 개념적인 범위 내에서 설명하고자 한다.

팔리어 경전(초기경전=전재성 번역)에 의하면 명상이나 수행이라는 말이 나오는 경우는 거의가 위파사나 명상에 대해서 설하고 있다. 어떤 방법이든지 간에 현재의 자신에 대해 있는 그대로 관찰하는 것이 붓다가 설한 명상 수행의 핵심이다. 특히 관찰에 대해서는 알아차림(사띠=Sati)이라는 마음 작용을 반드시 파악해야 한다. 사띠(Sati)는 팔정도의 정념(正念)으로서 붓다의 사념처경(四念處經))에서 설하고 있다.

번역의 일단을 보면 “비구들이여, 여기에 유일한 길이 있다. 그것은 살아가고 있는 것이 맑게 되기 위해 애처로움과 슬픔과 탄식을 넘어 몸과 마음의 괴로움이 없게 되고, 사물이 있는 그대로의 모습을 올바르게 알고, 열반을 체험하기 위한 길이다. 그 길은 사념처(四念處), 네 가지의 알아차림의 실천이다.” 라고 설하고 있다.

수행자가 삼현위(三賢位)에서 오정심관(五停心觀)[65] 다음에 닦는 관(觀)으로 몸이 부정(不淨)한 것을 아는 신념처(身念處), 감수하는 모든 것이 고통인 것을 아는 수념처(受念處), 마음이 무상(無常)하다는 것을 아는 심념처(心念處), 제법 또한 무상하다는 것을 아는 법념처(法念處)를 말한 관이다. 특히 사념처관(四念處觀)에서는 신(身)· 수(受)·심(心)·법(法) 가운데 두 가지 이상을 혼합하여 관(觀)의 대상으로 삼는 것을 뜻한다. 다시 말하면 사념처란 신(身), 몸을 살피어 생각하는 것, 수(受), 느낌을 살피어 생각하는 것, 심(心), 마음을 살피어 생각하는 것, 법(法), 법을 살피어 생각하는

65) 오정심관이란 마음을 다루는 다섯 가지 종류의 관법(觀法)을 말한다. 우리 마음 속에 일어나는 번뇌 망상의 유형이 수천 수만 가지라 해도 별로 틀리지 않으나 이들을 크게 분류하여 탐심, 진심, 치심, 아견심, 산란심의 다섯 가지로 나누고 이 다섯 가지 마음이 움직이게 될 때 거기에 알맞는 수행 방법을 써서 마음을 바로 잡아야 한다는 것이 오정심관이다. 탐심(貪心)에는 부정관(不淨觀)으로, 진심(瞋心)에는 자비관(慈悲觀)으로, 치심(痴心)에는 인연관(因緣關)으로, 아견심(我見心)에는 계분별관(計分別觀)으로, 산란심(散亂心)에는 수식관(數息觀)으로 관법을 이루게 되면 그 다섯 가지 마음의 장애를 없애고 바른 공부에 임할 수가 있게 된다.

것의 네 가지 생각을 말한다.

예를 들면 어제 절친과 우연히 다툰 일이 있었다. 왜 다투었을까 하는 생각이 났다. 그 때 생각이 난 것을 알아차린다. 다시 하던 일에 집중한다. 문제는 알아차리고 다시 집중하는 방식이다. 사람들은 잡념이 일어난 것을 알지만 그 잡념에 빠져들기가 쉽다. 빠져드는 것을 경계하여 알아차리고, 무상하며 내가 비어있다는 공한 법에 집중하여 그 비어있는 것이 무언가를 관(觀=보는, 관찰)하는 것이 위파사나 명상이라고 본다.

위파사나가 접근하기가 쉽다고 해서 모두가 다 정에 드는 것은 아니다. 몇 만대 일을 다투기는 마찬가지이다. 사띠(Sati)에 맛을 들인 불자들은 아주 푹 빠져 북방 불교의 대승시교는 부처님의 가르침이 아니기 때문에 전부가 잘못된 것이라고 비방하는 이들이 있다. 부처님은 천백억 화신이며 모든 중생이 부처님과 조금도 다르지 않는 불성을 가지고 있다. 그러므로 제2, 제3의 부처가 얼마든지 나올 수 있다. 따라서 그간에 나타났던 조사들이 부처님의 화신들이다. 그렇다면 대승선은 그들이 붓다의 팔만사천법문을 초월하여 만들어진 선이다.

또한 대승 불교를 일으킨 나한들은 마명 보살과 용수 보살이다. 불멸 후 5~6세기경에 출현한 제2의 붓다로 추앙받아온 조사들이다. 붓다는 지도원리를 구전으로 전했지만 마명, 용수는 석론(釋論)이나 대지도론(大智度論) 등 2백여 권이 넘는 저서를 직접 남긴 가장 확실한 지도 원리의 법이며, 이들에 의해 대승 불교가 완성이 되었다. 소승과 대승의 차이는 사념처중 법염처인 법에 큰 차이가 있다.

아공(我空), 즉 내가 비어 있다는 것과 제법이 무상하다는 것의 명상적 동의는 맞지만 제법까지 공한, 명상적 동의가 미진하며 제법의 진공을 수용하지 않는 점이 다르다. 하지만 니르바나의 체험각을 얻었을지라도 구경각은 남아 있다는 뜻이다. 앞에서 위파사나선의 실체에서 대승 불교를 폄하할 수 없는 이유를 언급했기 때문에 더 이상 재론할 뜻이 없음을 밝히면서 끝을 맺는다.

염불선의 보리방편문에 대한 편력

필자가 출가의 편력이 있었던 한 때 청화 선사를 계사, 법사로 모시고 선 공부를 익혔던 과거사를 더듬어 단편적이나마 실상염불선에 대한 보리방편문을 통해서 수행하는 방법을 간단하게 덤으로 소개하고자 한다. 보리방편문은 청화 선사의 은사이신 금타 선사께서 실상염불에 대한 철학적 논리의 묘리를 288자에 담아 육조단경의 귀의일체삼신자성불(歸依一切三身自性佛)과 직통하도록 선몽한 방편의 법문이다. 따라서 실상염불선은 금타 선사가 중흥조이고, 청화 선사는 계승조이다.

이 내용을 반야심경처럼 외어 마음 속으로 일상적인 선을 계속하게 되면 번뇌를 잡기가 다른 선법에 비해 훨씬 수월하며 빠른 단계에 오를 수 있다. 방편문의 아래 해설을 해놓았으나 간단하게 생략하면 우주 만유의 실상의 몸이 곧 법신, 보신, 화신의 삼신일불이기도 한 근본불인 아미타불이 그 본래 면목의 공(空=텅 비어있는 허공)과 성(性=성품)과 상(相=모양새)으로 계합하여 지니고 있다. 우주 만유가 하나의 생명이라는 뜻이 담긴 이 방편문을 외어서 호흡과 같이 일관하다 보면, 그 뜻이 확연하게 머리에 밝게 들어나 번뇌를 쉬게 한다. 금타 선사께서는 이방편문을 자신이 좌선하는 자리의 벽 정면에 붙이고 일행삼매 일상삼매를 하게 되면 반드시 성불하게 된다고 자신의 저 '금강심론'에 밝히고 있다.

菩提方便門 원문

心은 虛空과 等할세 片雲隻影이 無한 廣大無邊한 虛空的心界를 觀하면서 淸淨法身 인달하여 毗盧遮那佛을 念하고 此 虛空的心界에 超日月의 金色光明을 帶한 無垢의 淨水가 充滿한 海象的性海를 觀하면서 圓滿報身 인달하여 盧舍那佛을 念하고 內로 念起念滅의 無色衆生과 外로 日月星宿 山河大地 參羅萬像의 無情衆生과 人畜乃至 蠢動含靈의 有情衆生과의 一切衆生을 性海無風金波自涌인 海中漚로 觀하면서 千百億化身 인달하여 釋迦牟尼佛을 念하고 다시 彼無量無邊의 淸空心界와 淨滿性海와 漚相衆生을 空性相 一如의 一合相으로 通觀하면서 三身一佛 인달하여 阿(化)彌(報)陀(法)佛을 常念하고 內外 生滅相인 無數衆生의 無常諸行을 心隨萬境轉 인달하여 彌陀의 一大行相으로 思惟觀察 할지니라.

보리방편도

보리방편문 해설 - 보리(진리)를 깨닫는 방편문

마음은 허공과 같을세. 한 조각 구름이나 한 점 그림자도 없이 크고 넓고 끝없는 허공같은 마음 세계를 관찰하면서 청정법신인 비로자나불을 생각하고, 이러한 허공같은 마음 세계에 해와 달을 초월하는 금색광명을 띤 한없이 맑은 물이 충만한 바다와 같은 성품바다를 관찰하면서 원만보신인 노사나불을 생각하며, 안으로 생각이 일어나고 없어지는 형체없는 중생과, 밖으로 해와 달과 별과 산하대재 등 삼라만상의 뜻없는 중생과, 또는 사람과 축생과 꿈틀거리는 뜻이 있는 중생들을, 금빛 성품바다에 바람없이 금빛 파도가 스스로 뛰노는 거품으로 관찰하면서 천백억화신 석가모니불을 생각하고, 다시 저 한량없고 끝없이 맑은 마음세계와, 청정하고 충만한 성품바다와, 물거품 같은 중생들을 공(空)과 성품(性)과 현상(相)이 본래 다르지 않아 한결같다고 관찰하면서 법신(法身), 보신(報身), 화신(化身)의 삼신(三身)이 원래 한 부처인 아미타불을 항상 생각하면서 밖으로 일어나고 없어지는 모든 현상과 헤아릴 수 없는 중생의 덧없는 행동들을 마음이 만 가지로 굴러가는 아미타불의 위대한 행동 모습으로 생각하고 관찰할지니라.

금까마귀 들락날락

초판 발행 2019년 10월 30일
지은이 강행원
펴낸이 정유진
편 집 구웅희, 이 이사벨
디자인 켈리 구
펴낸곳 no book
주 소 경기도 수원시 영통구 광교중앙로 145 A432
전 화 031-8025-9200 팩 스 050-4211-8560
https://blog.naver.com/nobookorea
이메일 nobookorea@gmail.com
출판등록 2018년 7월 27일 제2018-000072호
인 쇄 새한문화사

ISBN 979-11-965237-7-0 (03810)